フリーダム／THE END OF THE WORLD

neozedoc

風詠社

フリーダム／THE END OF THE WORLD◉目次

プロローグ１　フリーダム／ＴＨＥ　ＥＮＤ　ＯＦ　ＴＨＥ　ＷＯＲＬＤ……7
プロローグ２　フリーダム……9
プロローグ２　ＴＨＥ　ＥＮＤ　ＯＦ　ＴＨＥ　ＷＯＲＬＤ……12
フリーダム　第一話……14
ＴＨＥ　ＥＮＤ　ＯＦ　ＴＨＥ　ＷＯＲＬＤ　第一話……17
フリーダム　第二話……22
ＴＨＥ　ＥＮＤ　ＯＦ　ＴＨＥ　ＷＯＲＬＤ　第二話……25
フリーダム　第三話……29
ＴＨＥ　ＥＮＤ　ＯＦ　ＴＨＥ　ＷＯＲＬＤ　第三話……34
フリーダム　第四話……42
ＴＨＥ　ＥＮＤ　ＯＦ　ＴＨＥ　ＷＯＲＬＤ　第四話……49
フリーダム　第五話……53
ＴＨＥ　ＥＮＤ　ＯＦ　ＴＨＥ　ＷＯＲＬＤ　第五話……58

フリーダム　第六話……63
THE END OF THE WORLD 第六話……71
フリーダム　第七話……77
THE END OF THE WORLD 第七話……82
フリーダム　第八話……86
THE END OF THE WORLD 第八話……89
フリーダム　第九話……94
THE END OF THE WORLD 第九話……98
フリーダム　第十話……101
THE END OF THE WORLD 第十話……105
フリーダム　第十一話……109
THE END OF THE WORLD 第十一話……112

フリーダム　第十二話……116
THE END OF THE WORLD　第十二話……119
フリーダム　第十三話……124
THE END OF THE WORLD　第十三話……129
フリーダム　第十四話……133
THE END OF THE WORLD　第十四話……139
フリーダム　第十五話……143
THE END OF THE WORLD　第十五話……148
フリーダム　第十六話……153
THE END OF THE WORLD　第十六話……158
エピローグ　フリーダム……162
エピローグ　THE END OF THE WORLD……166
グランドエピローグ　フリーダム／THE END OF THE WORLD……169

フリーダム／THE END OF THE WORLD

プロローグ１　フリーダム／THE END OF THE WORLD

日曜日。

朝。

快晴。

その青年、太田真哉はどこを見るでもなく、うつろな目でただ前を向いて駅のホームに立っていた。

真哉の後ろのベンチには３人の親子連れが座っている。

「鈴香、今日はなんの動物さん見る？」

「うーんとー、カバさん！」

「えー？　カバさん一？　もっと可愛いパンダさんとかもいるよー？」

「カバさんの大きいお口にパクッとされちゃうゾー」

どうやら親子で動物園に行くらしい。

『１番ホームを回送電車が通過します。危険ですから白線の内側までお下がりください』

ホームにアナウンスが流れる。

「鈴香、電車来るよー」

「すず、このでんしゃ、のるのー?」

「これじゃないよ、まだ危ないからこっちにいてね。あっ、パパ、この荷物持って」

「ん?　これ?　あっ、コラ鈴香。こっちこっち。まだそっち行っちゃダメ!」

「でんしゃきた?　のるの?」

「鈴香!　コラ!　ダメダメ!　こっち!」

真哉の脇を鈴香が走り抜けていく。左側からは電車がホームに入ってくるのが見える。吸い込まれるようにホームから線路に飛び出す小さな影。真哉は咄嗟に右手で鈴香の左腕を掴む。

その瞬間、真哉と鈴香の目が合った。


2つのプロローグへと続く。

プロローグ2 フリーダム

空中に飛び出した鈴香の体がふっと軽くなり、前に押しやられる。

鈴香は自分の左腕を掴んでいる真哉を見る。真哉は悲しく優しい目で鈴香を見つめている。

悲鳴のようなブレーキの音をあげながら近づいてきた電車が真哉の体を押し潰していく。潰されたところから真哉の体が光の粒となって空に消えていく。

目だけはしっかりと鈴香を見つめたまま……。


いつもここで目が覚める。

何度も見た夢。毎月この日になると見る夢。

目が覚めてもまだ鈴香の腕には、その男性の手の暖かさが残っている。

時計を見ると目覚ましの鳴る15分前。

「うーん」と伸びをしてベッドから飛び出し、洗面所で顔を洗う。

肩にかからない程度に揃えられた髪。猫のような丸い瞳が鏡の中の自分の顔を見つめる。少し茶色がかった美しい瞳はすべてを見通すように澄んでいる。

「よし！」両の頬を両手でパチンと軽くたたいた。

鈴香がリビングに向かうとキッチンでは母親の雅子が朝食の支度をしていた。

「おはよ」

「あら、鈴香、おはよう。今日は早いのね。ハイ、おはようのキスは？」

「ちょっと、そんなのしないよ。それよりご飯」

「ハイハイ、今用意するから着替えてらっしゃい」


テーブルでは父親の海人がテレビのニュースをみていた。

「おはよう、鈴香。今日は早いな」

「おはよ。なんか目が覚めちゃってね」

「なんだ。また怖い夢でも見たのか。じゃあ今夜からはお父さんと一緒に寝るか？」

「大丈夫！　１人で寝れるよ！」

「ん？　鈴香、お前パジャマ。裏表逆じゃないか？」

「えっ？　あ、ホントだ。昨日寝ぼけてたのかな？」

「じゃあ着替えもお父さんが手伝ってやらないとな」

「もう！　お母さーん、お父さんがいじめるー」

「ちょっと、お父さん！　私の可愛い娘をいじめないで頂戴。あら、本当。裏返しね」

そう言いながら雅子は運んできた朝食をテーブルに置き、鈴香を抱きしめる。

「大丈夫、鈴香。お母さんがキスしてあげるから」

「ちょっと、変態夫婦！　もういい、着替えてくるから、離して」

鈴香は雅子の腕を振りほどくと、自分の部屋へと逃げていく。

リビングに残された２人はテレビを見ていたが、ふと海人がつぶやく。

「そういえばどうやってボタンしめたんだ？」

「え？　何が？」

「パジャマ。裏返しだとボタンしめられなくないか？というより普通気づくよな？」

「さぁ？」


高校の制服に着替えた鈴香がリビングに戻ってきた。多少、痩せすぎのようにも見えるが、アスリートを思わせるしなやかな体に制服がよく似合っている。

真哉は掴んだ手に力を込め、グッと鈴香の腕を引き寄せるが、電車はすぐそこまで来ている。

もっと力を入れて、が、間に合わない。

「んぐぅぉ！」と言葉にならない雄叫びをあげてさらに強く引く。

真哉には時間の流れがゆっくりと感じられた。

悲鳴のようなブレーキの音をあげながら近づいてきた電車が鈴香の体を押し潰していく。骨が砕け、血が飛び散り、鈴香の体が肉塊へと変わっていく。

目の前で徐々に鈴香が死んでいく。

鈴香の体から魂が抜けていくのが、掴んだ腕を通して感じられる。

その時、真哉の心の中の決定的な何かが壊れた。

真哉は幸いにも電車には巻き込まれなかったが、鈴香の体に引っぱられるように20メートル程ホームを転がった。

立ち上がろうとしても全身の痛みで動けない。

周りに人が集まってくる気配を感じる。

「おい！　大丈夫か⁉　うゎっ！」

話しかけてきた男性が短い悲鳴をあげた。

右腕に違和感があり見てみると、体からちぎれた鈴香の左腕だけがしっかりと握られていた。

放そうとするが右手がいうことを利かず、ギュッと握ったまま離さない。

「うわぁあぁぁぁ！！」


いつもここで目が覚める。

何度も見た夢。毎月この日になると見る夢。

目が覚めてもまだ真哉の手には鈴香の腕の暖かさが残っている。

時計を見ると午前3時。

真哉はゆっくりとベッドから起き上がると洗面所で顔を洗う。

端正な顔立ちだが、鏡に映ったのは、やつれた顔。自分でもひどい顔だなと思う。

深い溜息をつき、もう一度自分の右腕をじっと見つめる。

今は動かなくなった右手を。

「じゃあ、次の文章の英訳は、えーと、鳥井にやってもらおうか」

鈴香は教師に突然指名されて少し慌てたが、先日イトコの秀に教えてもらった構文を使えば簡単に出来る問題だ。

「はい」と軽く返事をすると席を立ち黒板に答えを書き始める。

答えがチョークで書かれていくたびに教室のあちこちからクスクスと笑い声が聞こえる。

笑われているのが誰で、どうして笑われているのか鈴香にも理由が分かっている。

早く逃げ出したい気持ちで必死にチョークを走らせ、書き終えるとうつむきながら、そそくさと自分の席に戻った。

「よーし、出来たか。答えは合っているがそれにしても汚い字だな。象形文字か？　今は世界史の時間じゃないぞ」

と教師が言ったところで、クラスが笑いに包まれた。

黒板に書かれた文字は、ミミズが這ったような波線のところもあれば、筆圧も一定ではなく強すぎるところもかすれそうに薄いところもあり、文字の大きさもバラバラ、行もユラユラ波打つようだ。

鈴香は耳まで真っ赤にしてうつむくよりほか無かった。

休み時間、小学校からずっと一緒の親友、宮田美由が鈴香の席に寄ってくる。

「鈴ってあんなに字下手だっけ？」

「もう、ミユウ、その話はしないでよー」

と鈴香は机に突っ伏し、顔を隠す。

近くにいる男子たちも話に加わる。

「鳥ちゃんがあんなに達筆だったとは知らなかったなぁ」

「今度先生に指名されたら、俺が手を取って一緒に書いてあげるよ」

「えっ？　じゃあ私は？　答えも一緒に考えてくれるんでしょ？」

「よし分かった。ミユウちゃんには俺が手取り足取り……」

「いや、それは勘弁。でも、鈴ってノートの字は超綺麗じゃなかったたっけ？　ほら」

と美由は鈴香のノートをさっと取り、ページを開く。

「あっ！　ほんとだ。すげー超綺麗じゃん」

「ちょっとー返してよ！」

ノートにはきっちりと綺麗な文字が並んでいた。文字の大きさや字体も統一され、まるで印刷された文字のようだった。

「なんで黒板だとあんなに下手なの？」

「私だって分かんないよー。もうこの話は終わり！」

鈴香は美由の手からノートを奪い返し、机にしまう。

みんなも自分の席へ戻り、次の授業が始まった。

THE END OF THE WORLD　第一話

ピンポーン。

玄関のチャイムが鳴る。

「はい、どちら様ですか？」

鈴香の母親の雅子が出迎える。

「あの、太田ですが……」

どこか暗くハリのない声。

「あぁ、太田さん、いらっしゃい。やっぱり今日も来て下さったんですね。どうぞ、上がって下さい」

「お邪魔します」

生気のない目をした真哉が家の中に入る。

迎える雅子にもどこか物憂い雰囲気があった。

スーツに身を包んだ真哉が、鳥井家を訪れるのはこれで5回目になる。鈴香の月命日には必ず真哉は訪問することにしている。

今日は休日ということもあり、鈴香の父親の海人も家に居た。

「太田さん、今日も来て下さったんですね。どうぞ、ゆっくりしていって下さい」

「はい、失礼します」

真哉はいつものように、まずは仏壇に向かい線香をあげる。

そしてバッグからカバのぬいぐるみを取り出し、仏壇に供える。

それを見て、海人と雅子が微笑む。仏壇には、今までに真哉が持ってきたカバのぬいぐるみが、何個も供えられていた。

「太田さん、最初はなんでカバを持ってきてくれるのか分からなかったんですが、あの日、鈴香が動物園でカバを見たいといっていたのを、太田さんも聞いていたんですね？　こないだ家内と気づいて2人で大笑いしてしまいましたよ」

「ええ、盗み聞くつもりはなかったんですが、なんとはなく会話が耳に入ってきまして。カバというのが少し意外でしたから。小さい子はゾウとかキリンとかもっと他の動物が好きでしょう？」

「鈴香の絵本の中に、カバの出てくる話があるんです。きっとそれがあの子の印象に強く残っていたんでしょうね」

３人とも笑顔だが、部屋の空気には悲しさが漂っていた。

再び玄関のチャイムが鳴った。

「あ、理子ちゃんだわ、きっと」

雅子が立ち上がり玄関へと向かう。

「お邪魔しまーす。チャコお義姉ちゃん、これ頼まれてた買い物ね。お兄ちゃんは奥？」

「うん、みんな奥に居るわよ」

「あれ？　お客さん？」

「おーい、理子。こっち」

「お兄ちゃん、お邪魔しまーす。あっ、えーと、太田さん？」

真哉の前に彫りの深い顔にセミロングのヘア、いかにも活発、という感じの理子が現れた。

「初めまして……じゃないよな、葬儀の時に会ってるか。改めて、太田さん。妹の理子です」

真哉と理子は軽くお辞儀をする。

「あっ、私もお線香あげるね。お兄ちゃん、今日は太田さんも一緒？」

「いや、まだ話してないんだけど。太田さん」

「はい？」

「今日の夜、何かご予定は？」

「いえ、特に何もありませんが……」

「良かった。理子も今日はうちに泊まる予定なんですが。夕食をみんなで一緒にどうですか？」

「いえ、ですが……」

「太田さん。お独りでしたわよね？」

雅子が話しかける。

「普段はご自分でお料理してらっしゃるの？」

「いいえ、大体コンビニの弁当で済ませてしまいます」

「じゃあ、たまにはちゃんとしたもの食べなきゃ。なんだかいつも元気が無いようですもの。ちょっと心配していたんですよ。うちで召し上がっていって下さい」

「はぁ、すいません。ではごちそうになります」

こうして４人で一緒に夕食をとることとなった。

雅子と理子がキッチンで料理を作るその間、海人と真哉はテーブルで待つ。が、海人は待ちきれずに雅子に声をかける。

「おーい、チャコ。先にビールだけ出してくれないか？　太田さんの分も」

「いや、僕はお酒はちょっと……」

「飲めないんですか？」

「ええ、まったく……」

「じゃあ俺だけ頂くかな」

「お兄ちゃんだけ先にずるーい」

「理子ちゃん、大丈夫。私たちにはこれが冷えてるから」

雅子が冷蔵庫の中のワインを理子に見せる。

「あっ、チャコお義姉ちゃん、すごい！　これＴＶでやってたやつでしょ？　よく手に入ったね」

「フフフ。後で乾杯しましょ」

「おーい、2人で何をコソコソしてるんだ？」

「何でもないよー。もうすぐ出来上がるから、お兄ちゃんはビール飲んで待っててね」

出来上がった料理が次々とテーブルへと運ばれる。

「寿司にハンバーグと餃子と唐揚げと、どういう組み合わせだ？　盆と正月だな」

料理を見ながら海人がつぶやき、みんなが笑う。

鈴香を失った海人と雅子にとっても、いつも1人で食事をとる真哉にとっても、久々に賑やかな食卓となった。

第二話 フリーダム

「ただいまー」

帰宅した鈴香を待っていたのは母の雅子だけではなかった。

「お帰りー鈴ちゃん。秀も来ているよ」

「あ、理子おばさん、いらっしゃい」

鈴香のおばの理子とその息子、秀が訪れていた。

家が近いということもあり、よく鈴香の家へ遊びに来るのだった。

「秀君、良かったぁ。またお願い！」

秀はいつも持ち歩いている愛用のノートパソコンのモニターに向かっていた顔を上げる。

「うん、いいよ。代わりにまたノート見せてね」

と笑顔で答える。

鈴香は学校の宿題を秀に教えてもらうつもりなのだ。

「コラ。いつも秀君に頼ってないで、たまには自分でやりなさい。全く……」

雅子が呆れるのも無理はない。

現在高校1年の鈴香はこうしてたまに勉強を秀に見てもらっている。

その秀は現在小学6年生なのだ。

年齢のわりにはどこか大人びた雰囲気を漂わせているが、無邪気でかわいい笑顔は少年そのものだ。

「じゃあ着替えてくるからちょっと待っててね」

と鈴香は、自分の部屋に入っていった。


そして、秀が家庭教師となり、授業が始まった。

「うん、そう、ここのyにさっきの式を代入して、そしたらこの公式を使えば、ね？」

「あ、ホントだ。解けた。よーし、分かった。次は自分でやってみる」

「うん、じゃあ鈴お姉ちゃんノート見せてね」

秀は独学で大学入試レベルの勉強をしている。当たり前だが高校での授業は受けていない。実際の高校の授業の進み方を知らない秀にとっても鈴香のノートはプラスになるのだった。

「それにしても鈴お姉ちゃんの字ってホント綺麗だよね」

「もう秀君まで笑うの？」

「えっ？　僕、なんか悪いこと言った？」

「あ、ごめんごめん、実はね……」

と鈴香は今日の授業中のことを話した。

「……でみんなに笑われちゃって、すっごく恥ずかしかったんだから。でも私、自分で言うのもなんだけど、綺麗な字にはすごく自信あるのに、なんで黒板には上手く書けなかったのか良く分からないの」

秀は少し「うーん」と考えたあとで、

「いくつか理由はあると思うけど、ノートには字の大きさや、行の目安となる罫線があるけど、黒板にはそれがないでしょ？　ガイドとなるものがないところに書くから難しいと思う。そしてノートに書くのと比べて黒板には大きな字を書くでしょ？　大きな字を書く時は少し離れないと全体のバランスが見られないんだよ。部分部分だけを見て書くからバランスが崩れるんだ。あとは鈴お姉ちゃんが黒板に文字を書くこと自体に慣れていないということだと思うよ」

と解説する。

「そっか、なるほど。じゃあそこらへんを注意すれば綺麗に書けるってことね」

秀の話にすっかり感心した様子の鈴香に秀も満足げにしていた。

「2人ともー、ご飯できたわよー」

と雅子の呼ぶ声で秀による授業は終わった。

食事も終わり、４人でお茶を飲みながらゆっくりとした時間を過ごす。時刻は大分遅くなっていたが、気にする者は誰もいなかった。

「太田さん、仕事は何を？」

「いや、ちょっと前から求職中です。以前は、まぁ色々です」

「そうですか。企業の求人も少なく大変でしょう。失礼ですが、歳はおいくつですか？」

「30です。年齢的にも厳しいですからね」

「30歳ならまだ大丈夫ですよ。早くいいところ見つかると良いですね。理子、お前もだぞ」

話が急に理子に振られる。

「こないだ父さんから電話があったぞ。仕事を見つけるでもなく嫁に行くでもなく、ブラブラして一体どうしたものか、って」

「ちょっと、お兄ちゃん！　太田さんが居るところでそんな話しなくてもいいでしょ！　私にも色々あるの！」

「そうよ、あなた。理子ちゃんも長く勤めたところ辞めたばかりなんだもの。少し休む期間だって必要なのよ」

雅子は理子の肩を持つ。２人は実の姉妹のような仲の良さだ。

「なに言ってるんだ。父さんたちも心配してるんだぞ。ねぇ、太田さん」

「えっ、いや、同じ求職中で独り身の僕にとっても、耳が痛いです……」

真哉は苦笑いしながら答える。

「いや、そう言うつもりでは……」

海人が気まずそうに頭をかく。

「いつ、どこで、どんな出会いがあるかなんて誰にも分からないんだから、理子ちゃんも太田さんもそんなに焦る必要ないわよ。私たちだって、知り合ってから半年もしないで結婚したんですから」

「いや、実は鈴香ができたもので、慌てて籍を入れたんです」

「あぁ、そうなんですか。でも鈴香ちゃんからは、愛されているっていう感じがすごくしましたけど」

「えっ？」

海人と雅子が同時に聞き返す。

「いや、あの日、僕が掴んだ鈴香ちゃんの腕を通じて、鈴香ちゃんの魂がすごく明るく、優しく、暖かいのを感じました。それで、すごく愛されて育っているっていうのを感じたんです。あ、すいません。急にこんな話をしてしまって……」

真哉の話にみんな沈黙したが、雅子が口を開く。

「鈴香、あの子は幸せだったのかしら。あの子の人生って何だったのかしら、たったの3年よ。まだまだ全然楽しい思いもしてないのよ」

「チャコ、俺たちにはつらいけど、鈴香の運命だったんだよ。今、俺たちが鈴香にしてやれるのは悲しみ落ち込むことじゃなく、鈴香がくれた楽しい思い出を大切にしていくことじゃないか?」

海人が優しく諭すが、一度沸き上がった負の感情は雅子の心に広がり次々と悲しみが溢れ出す。行き場のない悲しみは思考をも狂わせ負の思考を生み出す。それまで楽しげだった雅子の様子が一変した。怒りとも悲しみともつかぬ感情を押し殺すように言葉を続ける。

「あの時、鈴香が線路に飛び出した時に、もし太田さんが手を掴まなかったらって考えることがあるの。飛び出した勢いで線路の向こう側まで飛んで行ったかもしれない。それとも、そのまま線路に落ちても、体が小さい鈴香は電車の下に潜って電車がその上を通り抜けられたかもしれない。太田さんが腕を掴まなければ、あの子は死ななかったのかもしれない。いえ、きっとそうよ」

「雅子、やめないか!」

「返して!　私の鈴香を返して!」

雅子は「わぁー」と号泣し始めた。海人がなだめるが、こうなってしまったら落ち着くまで泣かせてやるより他はない。

海人は申し訳なさそうに真哉を見る。

「太田さん、すいません。ちょっと取り乱しただけです。あの時一歩間違えれば太田さんが事故に巻き込まれていたのに、そんな危険をおかしてまで太田さんが鈴香を助けようとしてくれたことは事実ですから」

真哉の生気のない目に悲しみが浮かんでくる。この場の空気に耐えられないように、

「今日はごちそうさまでした。これで失礼します」

と立ち上がりフラフラと玄関へと向かっていく。かける言葉も見つからず海人と理子は真哉を黙って見送る。部屋には雅子の泣き声だけが響いていた。

ガチャンと玄関のドアが閉まった音で、スイッチが入ったかのように理子が自分の荷物を片付け始める。

「お兄ちゃん、やっぱり今日は私も帰るね。また来るから」

と短く言った後で雅子には聞こえないように、「チャコお義姉ちゃんをよろしくね」とささやく。

家を出た理子は先に出た真哉を追いかけ走り出した。

走る。

右手と左足が前に出て、右足が強く地面を蹴る。目の前にある障害物の高さとそこまでの距離を瞬時に頭で計算しながら、歩幅を調整し走り、そしてジャンプ。障害物を飛び越える。着地と同時にまた次の障害物を見つめ歩幅の調整。スピードを緩めることなく走り、飛び越えていく。

そしてゴール。

「おお、鳥井、速いな。８秒65だ」

体育教師がタイムを告げた。

膝に手をついてかがみながら肩で息をしている鈴香は「えっ」と驚く。少し遅れてから隣を走っていた美由がゴールした。

「ハァハァ、鈴、そんなに足速かったっけ?」

「ううん、なんか分かんないけど、この間の50メートル走よりタイム速かった」

「えっ、ハードル走の方が普通の50メートルより速かったの?　真面目に走ってなかったんでしょ?」

「そんなことないよ。どっちも全力出したよ」

今日の体育はグラウンドの中心で男子がサッカー、女子はグラウンドの片隅でハードル走だった。

鈴香と美由は並んで座りながら男子の方を見た。

「ミユウ、今日はバスケじゃないから桃井君あんまり活躍できないんじゃない？」

鈴香は美由をからかう。桃井はバスケ部員で美由の片思いの相手だ。

「桃井君のことはいいの。それより鈴、タイムいくつだったの？」

「8秒65」

「嘘！　私より2秒くらい速いよ。陸上部レベルじゃないの？　なんで？」

「私だって分かんないよー。ってこの間も言った気がする」

「鈴ってホント超おかしいよね。昔から普通に出来ることが出来なくて、逆に難しいことの方が簡単に出来たりしてたじゃん」

「えっ？　例えば？」

「うーん、例えば、えーと、あ、そうそう縄跳び。ほら、小学生の時、だれよりも早く二重跳びのはやぶさが跳べるようになってたじゃん。でも普通に跳ぶのは逆にできなかったよね」

「うーん、そうだったかも。あ、跳び箱も低いのより、高い方が跳べた気がする」

「そうそう、跳び箱も。超おかしかったよね。1段は跳べないのに、10段は軽く跳べれたもんね。鈴はそういうなんか変な能力があるんだよ」

「なにそれー。そんな能力いらないよ。あ、桃井君ボールとったよ！」

「えっ？　うそ。キャー桃井君そのままシュートいけー！　あぁ」

「ボールとられちゃったね」

「いいの、桃井君は。バスケで本領発揮すれば。鈴はホントにまだ好きな男子いないの？」

「うん、誰もいない」

「そっかー。どんな人がタイプ？　麻池君とかは？」

美由が話したところでちょうどその麻池流がボールを取ってゴールへと走る。敵ディフェンスを１人２人と華麗に捌いてあっという間にゴール前。キーパーも全く反応出来ないくらいのキレのあるシュートが決まった。

「おーい、流、ちょっとは手加減しろよー」

という他の男子の声が聞こえた。

「うーん、確かにかっこいいかも」

と鈴香はつぶやいた。

1年生にして、すでにサッカー部のエース。流のおかげで今年は念願の全国制覇も現実的になったという。背も高く容姿も優れているので当然女子のファンも多い。

「ライバルが多いのはこっちも同じ。鈴、２人で頑張ろうね」

「いや、別に好きってワケじゃなくて、ただサッカーしてる姿がちょっといいかなってだけ」

「もう、鈴は理想が高すぎるんじゃない？」

「そういうんじゃなくて、今は誰にもそういう気にならないってだけだよ」

「よーし全員集まれー！　整列！」

体育教師の声が響く。全員のタイムを計り終えたようだ。

鈴香と美由も話すのをやめ、列へと向かう。鈴香はもう一度男子の方を見る。流がまたドリブルをしている。その名の通り流れるような動きは、かっこいいというより美しいという方があっているかもしれない。そんな流の姿を見ているとサッカーも楽しそうだなと思うのだった。


休み時間、鈴香は早速、美由や男子たちに聞いてみる。

「ウチの学校って女子サッカー部ってあるの？」

「なーんだ、やっぱり鈴も麻池君狙うことに決めたのね」

「えー鳥ちゃんもか」

「そんなら、サッカー部のマネージャーになった方が良いんじゃね？」

「違う違う。そうじゃなくて、純粋にサッカーがやってみたいなって思ったの。で、女子部ってあるかどうか聞いてるの。別に麻池君は関係ないの！」

「うーん、女子サッカー部ねぇ。入学案内のパンフレットに出てたっけ？」

「一応あったと思うけど、確か愛好会だったはず」

「部活じゃないの？　でもあるのね。よし分かった」

「鳥ちゃんがサッカーねぇ。いまいちイメージがわかないなぁ」

「チームプレイだから、１人でみんなの足を引っ張る可能性もあるしね」

「そんなにハードじゃないスポーツの方がいいよ。サッカー超キツイよ」

「もうみんなうるさーーーい！　ダメで元々、それに愛好会ならそんなに練習とか厳しくないと思うし、ちょっと見学してみて、やれそうなら入るし、やっぱり無理って思ったら諦めるよ」

　鈴香は放課後、部室棟へと向かった。サッカー部、野球部、バスケ部などの部室が並ぶ棟の一番端に女子サッカー愛好会の部室があるということだったが、そこに行ってみると扉はカギがかかっていて誰もいなかった。

「うーん、今日は練習休みなのかな？　また明日にしようか」

　残念そうに鈴香は帰宅した。

手足が震えて力が入らない。胸に圧迫感もあり、呼吸も激しくなる。いつもの過呼吸発作の前兆だ。真哉は一度立ち止まり電柱にもたれかかり、少し休む。胸ポケットからサングラスを取り出してかける。もう少し行ったところに公園があったはずだ。そこのベンチで休めば大丈夫、もう少し、もう少し、と自分に言い聞かせながらまたフラフラと力なく歩き始める。

真哉の後ろから足音が走り寄ってくる。近づくにつれそのスピードが緩くなり、そして真哉に追いついた。

「太田さん？」

理子だ。真哉のサングラスに一瞬ハッとするが、それより真哉の様子がおかしいことに気づく。

「どこか具合でも悪いんですか？　大丈夫ですか？」

「いや、大丈夫です。そこの公園で休んでから帰りますので、失礼します」

やっとの思いで言葉を口にする。今は誰にも話しかけられたくない、1人になりたいと思う真哉だが理子は、

「私も一緒に行きます」

と、真哉の後をついてきた。

真哉はもう断ることもどうすることも出来ず、それより早く座って休みたいと思い、返事もせず歩き出す。

ベンチに着いた真哉はカバンから薬を取り出して1錠呑み込み、頭を抱えて前にかがみこみ、呼吸の方法を探るように吸って吐いてを繰り返すが、普段どうやって呼吸をしていたのかよく思い出せない。全身に寒気が走り、吐き気もする。

「大丈夫ですか？」

理子の問いかけに答える余裕がない。

「救急車を呼びましょうか？」

さすがにそこまで酷いわけではない。薬も飲んだし、発作が起きたとしても、1時間も休めばまた普通に戻れる。

「薬、飲んだので、大丈夫です」

真哉は声を絞り出す。

「本当に大丈夫なんですか？」

と理子が真哉の背中をさする。理子の優しさが手を通じて真哉に伝わってくる。その理子の優しさがきっかけとなって、一気に感情が込み上がってくる。こうなってしまってはもうどうしようもない。誰にも止められない。真哉はそのまま地面へ倒れこみ土下座の姿勢で、ついには号泣してしまった。

「ん？　雨？」

ポツポツと雨が降ってきた。

「太田さん、雨ですよ」

嗚咽をあげながら泣き崩れる真哉の背中をさすりながら理子は話しかけるが、真哉は泣くだけだ。

先ほど、雅子から言われた言葉が真哉の頭の中で何度も繰り返される。雅子の負の感情が真哉に伝染したかのように、真哉の心の中が不安や恐怖や悲しみで埋め尽くされていく。

30分程そうしたところで真哉も落ち着いたようで、涙をぬぐいながら起き上がり、ベンチに座りなおした。

「すみません、雨の中。もう本当に大丈夫ですから。あと少し休んでから帰りますので、もう1人で大丈夫です」

と理子を帰らせようとするが理子は横に座ったまま帰ろうとしなかった。

「鳥井さん、雨が大分強くなってきましたよ」

「もう濡れてしまいましたから。太田さんもビショビショですね」

理子は真哉が帰ると言い出すまでここにいるつもりだろう。

真哉はポケットから煙草を出して吸う。

雨の夜中、何も話さず2人の男女が公園のベンチに座っていた。

真哉は本当はもっと休んでいたかったが理子が一緒の為、それでも煙草をゆっくり2本吸ったところで立ち上がった。

「すみません。待たせてしまったようで。ありがとうございました」

「私が勝手に待ってただけですから」

「ビショビショですね。そこのコンビニでタオルを買って帰りましょう」

と真哉は歩き出す。

「もう傘も意味ないくらいずぶ濡れですけどね」

と理子が隣をついてくる。

「あっ」っと突然、理子が声をあげて時計を見る。

「あー私、すっかり忘れてました」

「どうしたんですか？」

「電車。終電がもう終わっちゃってる」

「えっ？　ご自宅は？」

「品川です」

「タクシーだとだいぶかかっちゃいますね。あれ？　お兄さんのところは？」

「さすがにもう寝ちゃったと思います。それに家に帰ると言って出てきたので」

「うーん、確か駅前にビジネスホテルが……」

「太田さんの家は近くなんですよね。家に泊まってもいいですか？」

「えっ？」

と一瞬驚いたが、理子の冗談だと思い、

「1つのベッドで2人で寝るしかないですよ」

と答える。

「じゃあそのベッドを貸して下さい」

と理子は真剣に答える。

「本気ですか？」

「ええ、本気です」

「えっと、じゃあ、とりあえず、ウチに」

途中コンビニに寄り、そして真哉の家に着いた。

「どうぞ上がって下さい。すぐにお風呂沸かしますから」

「お邪魔します。すごい綺麗に片付いてますね。男の人の一人暮らしって、もっと散らかっているのかと思っていました」

理子は部屋を見渡す。片付いているというより、元々物が少ない。生活に最低限必要な物しか置いていないのだ。

「で、隣が寝室かな？」

理子がドアをあけると、ベッドが1つ置いてあるだけの部屋があった。殺風景といえばそうだが、それよりも何か寂しさを感じる部屋だった。

「お風呂あと15分くらいで沸きますから。バスタオルもここに置いてあります」

と真哉は声をかけた。

「鳥井さん、ベッド使ってもらって構いません。僕のせいでこんなことになってしまったんですから。僕はすぐそこのネットカフェに泊まりますんで」

「太田さん、下の名前は？」

突然、理子が切り出す。

「えっ？　真哉です」

「うーん、真哉さん、真哉君、真ちゃん、真くん。うん、これから真くんって呼んでいいですか？　私のことは理子って呼んで下さい」

「えっ、あっ。はい」

「じゃあ早速。真くん、別に私を襲ったりしないでしょ？　襲われてもいいですけど。フフフ。ここは真くんの家なんだからネカフェじゃなく、ここで堂々と寝れば良いじゃない」

「いや、でもそういうわけには……」

「私が良いって言ってるので、良いんです。じゃあお風呂お先に失礼しますね。覗かないでね。フフフ」

「あ、どうぞ」

理子がそこまで言うならと真哉は濡れた服を片付け終わると、クローゼットから予備の布団を取り出し、居間に敷いた。真哉は居間に寝るつもりだが、やはりネットカフェの方が落ちつけそうだ。

ベッドのシーツも新しいものに取り換える。そうこうしているうちに理子が風呂から出てきた。

「お先にありがとうございました。真くん、お風呂どうぞ」

「はい。ベッド用意してありますんで、先に休んで下さい」

「あ、やっぱり真くん、家で寝るのね。うん、よしよし」

「いや、とりあえず布団敷いただけです。やっぱりネカフ……」

「ダメです！」

理子が言葉をさえぎる。

「でも鳥井さん、ほぼ初対面の男の人の家に泊まるってちょっとあれじゃないですか？」

「違う！　理子です。鳥井さんじゃなくて理子！」

「あ、えーと、理子さん。とりあえずお風呂入ってきます。先に休んでいて下さい」

と、真哉はこれ以上話しても無駄だと思い風呂に入ることにした。

真哉が風呂から出ても理子はまだ起きていて、居間で1人お酒を飲んでいた。

「あ、それ、僕の梅酒……」

「ごめーん、冷蔵庫勝手に開けちゃった。頂いていまーす。それより冷蔵庫の中、お酒しか入ってなかったよ。っていうか真くんお酒飲めないんじゃなかったの?」

「勝手に冷蔵庫開けないで下さい」

「さっきお兄ちゃんのところでお酒飲めないって嘘ついた罰。なんでお酒飲めないって嘘ついたの?」

「飲んでる薬の作用が強く出てしまうんです。それより僕の梅酒……」

「クー、おいしいね、この梅酒」

「本場紀州の南高梅使ってますから。それより寝ないんですか?」

「せっかくだから、もう少しお話ししましょうよ」

「いや、もうこんな時間ですし、僕も今日はちょっと疲れたので……」

時計の針は3時をまわっている。

「そっか、うん、分かった。ちょうど飲み終わったところだし、もう寝ましょ」

「はい、おやすみなさい」

「おやすみ、真くん」

理子はベッドへと向かい、真哉は居間の布団に潜りこむ。

真哉の長い1日が終わった。

第四話 フリーダム

「ただいまー」

「おかえり。理子ちゃんと秀君も来てるわよ」

「あっ、理子おばさん、秀君ただいまー」

「おかえり、鈴ちゃん」

「鈴お姉ちゃん、おかえりなさい」

秀はリビングで相変わらずノートパソコンに向かっていた。

「さぁ鈴香、ただいまのキスは？」

雅子が鈴香を捕まえようとする。

「ちょっ、そんなのしないよ。助けて、理子おばさん！」

「大丈夫、鈴ちゃん。さ、こっちこっち」

雅子の手から逃れ、理子の後ろに身を隠す。

と思いきや理子が急に鈴香の体に腕を回してくる。

「捕まえた！　じゃあ私にただいまのキスしてちょうだい」

鈴香は理子にギュッと抱きしめられた。

「じゃあ私は秀君にキスしようかしら」

と雅子は秀を見る。

「ちょっと理子おばさんやめて。秀君助けて！」

　鈴香は秀に助けを乞う。

「いくら？」

と秀が聞く。

「うーん、５００円！」

「うん、いいよ」

「こら、何あやしい取引してるの？」

　雅子が秀に歩み寄る。

「チャコおばちゃん、僕、実は学校に好きな女の子がいるから、キスはその子と……」

　秀はうつむきがちに言う。

「えっ？」と雅子は秀に近づくのをやめる。

「えっ？」と理子は鈴香を抱いていた手を離す。

「えっ？」と鈴香は理子に抵抗してもがいていたのをやめる。

　そして秀は鈴香に手を出し
「ハイ、５００円」

と笑顔で言った。

3人とも見事に秀の手にひっかかり、雅子は秀にキスをするのをやめ、理子は鈴香を離し、鈴香は秀に500円払うことになったのだ。秀の一人勝ちだった。


いつものように秀による家庭教師の授業がまた始まる。基礎問題の解き方を鈴香は理解したようなので、ちょうど秀が持ってきた問題集にある応用問題を鈴香にやってもらうことにする。

とはいっても出来なくても当然、東皇大の過去問題で、難易度は高い。そのことは鈴香には内緒にして、あとで秀がまた解説をすることになるだろうが、鈴香に困った顔をさせたいだけの秀のいたずらでもある。

「じゃあ、次の問題はこれ。同じような問題だから解けると思うよ」

とだけ伝える。

「よし！」と鈴香は張り切って問題に取り掛かるとスラスラとペンを走らせ始める。

基礎問題であれだけ苦労した鈴香にはこの問題はレベルが高すぎるはずではあるが、鈴香の走らせるペンのスピードは落ちない。

秀がノートをのぞき込むと、今のところ合っている。公式の使い方も全く問題ない。この問題は秀でも少し苦労して解いた問題だったが鈴香はなんなく解いてしまった。

「よし、出来た。当たってる？」

「うん、すごいよ鈴お姉ちゃん。実はこれ東皇大の過去問で難易度が高いやつだったのに。ホントは鈴お姉ちゃんは解けないと思って出したんだけど……」

「そうなの？　東大？　難しいとは感じたけど、逆にさっきの基礎問題の方が分からなかったよ。あっ！　なんかこれ！」

「どうしたの？」

「実はこの間体育の授業でね……」

と先日のハードル走の話をする。今までも簡単なことより難しいことの方が楽に出来たことも。

「どう思う？　秀君。私って何か変なのかなぁ？」

それを聞いた秀は少し考える。

「うーん、鈴お姉ちゃん、要らない紙2枚ある？」

「あ、うん、このプリントの裏。何なに？」

「ちょっと実験しよう。簡単だけど、鈴お姉ちゃん真面目にやってね」

「う、うん」

鈴香は神妙な顔をする。

「じゃあ、まず、こっちの紙に円を描いて。大きさは自由。使うペンも鈴お姉ちゃんの好きなペンで良いよ。書く時間も自由。制限は一切なし。ただ、円を描けばいいだけ」

「うん、分かった。っていうかこれで何が分かるの？」

「うーん、終わってみないと分からないけどいい？」

「うん、じゃあこのペンにする。描くね」

「描き終わったら言ってね」

と秀は後ろを向く。

「……秀君、出来た……」

「うん」

そこには円というにはあまりにもいびつでふにゃふにゃな図形が描かれていた。円のはずなのに、直線的な所やへこんでるところもあり、描き始めと描き終わりがあまりにもずれていて最後は強引に繋げられている。

「わざとじゃないみたいだね」

鈴香の様子を見て秀が言う。

「ちゃんと描いたよ。ホントに。なんでこんなに下手なのか分かんない」

「うん、じゃあ次。今度も円を描いてね」

と、もう1枚の紙を用意する。

「今度は色々とルールがあるから」

と言って秀は紙の適当な所にチョンチョンチョンと3つ点を描いた。

「まずはこの3点を必ず通ること。そしてペンはえーと、このシャーペンで」

と言って、1本のシャーペンを手に取り、カチカチと10回ノックして、芯を1センチ程出す。

「芯は折っちゃだめだよ。この状態で描いてね。で、時間は5秒以内。僕が始めって言ってから描き始めて、終わりって言うまでの間ね。大丈夫?」

「うん、3点を通る、芯を折らずに5秒以内ね。よし分かった、やってみる」

「じゃあ始めるよ。準備は良い?　よーい始め!　1、2、3、4、終わり!」

そこに描かれたのはまるでコンパスでも使ったのかと思う程の綺麗な円だった。秀のルールもきちんと守られ、3点を通り、シャーペンの芯も折れていない。

「やっぱり出来たね。鈴お姉ちゃん、3点を通るって意味分かる?」

「え?　どういうこと?」

「一直線上にない3点を通る円って1つしかないんだよ。この位置でこの大きさの円じゃないとだめなんだよ」

「あっ!　そうよね。今、気づいた」

「うん、だと思った。でも鈴お姉ちゃんは無意識に分かっててこれを描いたんだよ」

「なんで?　私には特別な能力があるってこと?」

「まだはっきりどういうことか分からないけど、今までの話、この間の黒板の話も大きい黒板に綺麗な字は書けなくても罫線の引かれたノートに小さい字なら綺麗に書ける。何もないところを50メートル走るより、障害物のある50メートルの方が速く走れる。基礎問題より応用問題の東大入試問題は解ける。何もないところに自由に円を描くより、ルールや制限のある方が綺麗な円が描ける。うーん、簡単で自由度が大きい物より、複雑で難易度が高く、障害や制限があってルールに縛られている方が鈴お姉ちゃんは実力以上の力を発揮出来るってことかな」

「えー、なにそれ。どうしてそんなことが」

と鈴香は言葉を失う。

「もっと良く調べないとまだ分からないけど、今言えるのはこれだけだよ。でもこういう能力が鈴お姉ちゃんにあるのには何か理由とかきっかけがあるはずだよ。それが分かればまた色々と見えてくると思う」

「うん……。あっ、このことはお母さんたちには内緒にしてくれる?」

「えっ、あぁそうだね。あまり人には言わない方がいいね」

「うん、余計な心配かけたくないからね」

そこへ海人が仕事から帰ってきたようだった。

翌朝、理子が目を覚ますと真哉はすでに起きてパソコンに向かっていた。

「真くん、おはよ」

「おはようございます。寝れましたか?」

「うん、ぐっすり。真くん家の中でもサングラス?」

真哉は昨晩からずっとサングラスをかけたままだ。

「ハイ、普段からずっとかけています。昼でも夜でも家でも外でも。この方が落ち着くんです」

「ふーん、なんか怪しい人だよ。フフ。ねぇ、お腹空かない?」

「いや、僕はあんまり空いていないです」

「そっか。じゃあ私コンビニで朝ご飯買ってくるわね」

「いや、帰らないんですか?」

「えっ? 居ちゃだめ? 邪魔?」

「いや、邪魔ってわけではないですが」

サングラスに隠れているが真哉は困った顔をする。

「じゃあいいじゃない。さて、ご飯買ってこよっと」

「あ、やっぱり僕も一緒に行きます」

2人でコンビニへと向かった。


朝食を食べながら、理子は真哉に色々と話しかける。

「真くんちって何か足りないって思ったら、テレビがないのね。見ないの？」

「はい、別に見たいとも思わないので」

「面白い番組いっぱいやってるのに。退屈じゃない？　このマンションにはいつから住んでるの？」

「1年ぐらい前です」

「仕事の都合とかで？」

「いえ、別にそういうわけではないんですが……」

何を聞いても素っ気ない返事しか返ってこず、会話は弾まないが、理子は気にせず色々質問をしてくる。

「真くんは今、幸せ？」

突然の予想外の質問に真哉は驚き理子を見る。

質問している理子の目の奥に悲しみの色が見える気がする。この人も自分と同じ何か悲しみを背負っているのかもしれない、と思いながら真哉は、

「幸せなんて本当にこの世にあると思いますか？」

と問いかける。

「あると信じたっていいでしょ？」

理子が返す。

「ねぇ、真くん、右腕はいつから？」

右腕が動かないことを聞いているのだろう。海人と雅子には気づかれていないようだが、さすがに一晩一緒にいれば誰でも気づくだろう。

「お兄さんたちには内緒にして下さい。あの事故からです。僕が鈴香ちゃんを殺したあの事故です」

しばらくの沈黙の後、理子が突然切り出した。

「よし！　決めた！　私、しばらく真くんちで暮らすことにする！」

「はぁ？」

「私が見つける！　この家で幸せを！」

「だめですよ。それに幸せなんか見つからないですよ。ここはこの世の果てみたいなところですから」

「ううん、絶対見つける。見つかるはずだから、それまでここにいるね」

「いや、ここは僕の家ですし、勝手に決められても。それに僕だって一応男ですから」

「でも昨日は私、襲われなかったから大丈夫。細かいことは気にしない。さて、そうと決まったら色々準備しなきゃ」

理子はバッグの荷物を取り出し始める。

また理子の強引なやり方に真哉は負けてしまった。

「ただいまー。おっ、理子たち来てたのか」

と玄関から海人の声がする。

　鈴香と秀は海人の元へと向かった。

「おかえりー」

「ただいま。鈴香はまた秀に勉強見てもらってたのか。秀に家庭教師の月謝払わないとな。秀はゲーム進んでるか？」

「うん、ひとまずは完成したけれど、あとはテストしてみて微調整ってところ。カイおじちゃんテストプレイしてくれる？」

「おお、良いぞ。どれどれ」

　海人と秀はゲームの話をしているが、市販のゲームの話ではなく、秀がパソコンでプログラムを組んで作っている戦闘機のシューティングゲームの話だ。ノートパソコンにつなげたゲームコントローラーを海人に持たせ、まずはボタンの説明をする。

「上ボタンで上昇、下ボタンで下降、あまり下降しすぎると地面に墜落しちゃうから気を付けてね。右ボタンは右旋回、左ボタンは左旋回、Ａボタンは機関銃、Ｂボタンがミサイル、Ｘボタンは自動標準の切り替え、Yボタンはナパーム弾。ナパームは5発しかないからね。LRボタンは同時に3回押すと宙返りするけど、燃料をすごく消費するからあまり使わない方が良いよ」

今度は画面の説明をする。画面は戦闘機のコックピットからの視線のようだ。

「まず、右上の黄色いゲージが燃料メーター。残りがなくなったらゲームオーバー。その下の赤いゲージがダメージメーター。これがいっぱいになったら、ゲームオーバー。左下のレーダーで敵機の位置が分かるようになってるから。それから……」

と説明が続く。

これほどのゲームを小学生が作ったというのだから驚きだ。

早速、海人がプレイすることになった。

「よし！　じゃあ行くぞ！　普段ゲーセンでならしている俺のテクニックを見せる時が来たようだな」

と海人は鼻息荒く言うが、

「あなた、ゲーセンなんて通ってるの？」

という雅子の問いに少し慌てている。

「この面は敵戦闘機10機の撃破でミッションクリア。序盤だからそんなには難しくは作ってないよ」

と秀は言うが、それでも海人の腕前はさすが自分でいうだけあって上手かった。

「あっ、すごい！　もうクリアしちゃった。タイムは58秒、うーん、僕の予想より早かったなぁ。もう少し難しくした方がいいのかなぁ？」

「違う俺が上手すぎたんだよ。フフフ。さて着替えてくるか」

と海人が席を立つ。

「次、私にもやらせて」

やっと出番が来たかのように鈴香が言う。

「うん、じゃあまずはさっきと同じ面。敵10機の撃破ね」

海人ほどではないにしても、鈴香は上下左右と敵の攻撃をよけ、確実に敵機を撃破していく。

「よし！　ミサイル発射！　やったークリア！」

「タイムは1分23秒か。うん、まぁ普通。やっぱりカイおじちゃんが速すぎたんだね」

「ねぇ、次の面は？」

「次の面は敵戦闘機20機の撃破。うーん、ちょっと待ってね」

と秀はゲーム画面をいったん閉じて、プログラム画面を開くとコードを書き換える。

「よし、出来た。今度は武器は機関銃しか使えなくて、それと上下ボタンしか使えないから」

「ちょっとー。なんで？　あっ、もしかしてさっきの？」

と鈴も気づいたようだ。

「うん、実験。多分キツいけどこの条件でもクリアは出来るはずだから」

「うん、分かった」

そしてゲーム開始。鈴香は上昇、下降で敵の攻撃をかわし、機関銃を打ちまくる。

「あっ、鈴お姉ちゃん、そんなに下降すると地面に墜落しちゃうよ」

「大丈夫、ギリギリいけそう」

地面スレスレに敵機を引き付けたところで一気に上昇し敵機を撃破。

「おぉ！　すごいよ、鈴お姉ちゃん」

制限されたルールの中であっさりとゲームクリア。タイムは47秒。先ほどのタイムより速い上に倒した敵機は倍の数だ。

作った本人の秀でさえこの条件の下、鈴香ほどのタイムでクリアすることはそう簡単には出来ないだろう。

「やっぱりこれは確実に鈴お姉ちゃんに、何か特別な力があるってことなんだと思う」

「なんでそんな力が……」

2人とも理由は分からないのだったが、ふと鈴香はもう1人特別な能力、他の人とは違う人物がいることに気が付く。

「ねぇ、秀君もまだ小学生なのにこういうゲーム作れたり、大学入試の問題だって解けたり出来る程頭が良いでしょ？　それはなんで？　秀君のも特別な力なんじゃないかな」

そんなことを言われるとは思ってもいなかった秀はしばらく茫然としていた。

とにかく謎は深まるばかりだった。

こうして2人の生活が始まった。

理子の提案で真哉の布団は居間ではなく、寝室のベッドの隣に敷いて理子と隣り合って寝ることとなった。

真哉は昼間はほとんど寝て過ごし、夜起きだして一晩中パソコンに向かい、明け方になったら寝るという昼夜逆転の生活を送っていた。それはまるで昼間に起きて生活している理子を避けているかのようだった。

そして2人の生活も3日目を迎えた。珍しく昼間に目を覚ました真哉はパソコンに向かっている理子に声をかけた。

「どうですか、理子さん。幸せは見つかりましたか？」

サングラスに隠れた生気のない目でそう問いかける。

「うん、今のところ見つからないけど、他の物は色々見つかったよ。例えば真くんが精神安定剤と言って飲んでる薬の1つは日本で認可されていない海外の睡眠薬。しかも真くんが飲んでる量が1日の上限を超えているっていうこと。だから1日中寝てられるのね」

「あぁ。そうですか」

と興味のなさそうな真哉の返事。

「それから消毒液も少なくなってきたから買ってきたよ。あとこれも」

と言って理子は自分の左腕を見せる。その手首には普通の物の４枚分くらいの大きさの絆創膏が貼られていた。

真哉がいつも使っているものだ。

「なっ！」

と真哉が驚き理子に歩み寄り、理子の左腕をパッと掴む。その顔はさっきまでの生気のないものとは違った。

理子は、

「冗談よ」

と言いながら絆創膏をはがす。

傷ひとつない綺麗な手首が表れた。

理子はやっていないと真哉はほっとした様子だったすぐにキツく言葉を返す。

「冗談じゃないですよ。やって良いことと悪いことがあります。理子さんまでしてるのかと思ったじゃないですか」

「ごめんね、真くん。寝ている間に真くんの傷跡が見えちゃって。ねぇ、答えたくなければいいけど、どうして？」

「……自戒です。こんな自分を自分で戒めているんです……」

「真くん、いつか自分を許せる日が来るといいね」

「多分来ないです」

真哉は力なく答える。真哉は無意識のうちに自分の右腕をさする。服に隠れているがそこには無数の傷跡がある。真哉自身がカミソリでつけた傷跡。

「理子さん、分かったでしょう。ここには理子さんが探している幸せはありません。ここはこの世の果てですから」

その様子は、まるで過去という牢獄に閉じ込められた囚人のようだった。

「真くんはそれで良いの？　真くんを見てると幸せを恐れている気がする。わざと幸せから遠ざかっているように見えるよ」

真哉は何も言葉を返さず、また睡眠薬を数錠飲み、

「寝ます。おやすみなさい」

と寝室へと戻ってしまった。

理子も寝室へと後を追う。そして真哉が寝ている布団の中に潜り込んだ。

「なっ！　ちょっと何してるんですか？」

「真くんは私に手を出さないんだから良いでしょ？　一緒に寝よ？」

「無理ですよ。寝るんならベッドで寝て下さい」

「ねぇ、真くん」

突然改まった様子で理子が名を呼ぶ。真哉が理子の顔を見ると、目を真っ赤にし涙を一杯に溜めている。

理子はグスンと鼻をすすり、

「何もしなくていいから、ただ私を抱きしめて。お願い」

と言い、真哉も言われるままに理子の体に腕を回す。

理子は真哉の胸に顔をうずめて泣き出した。

そうしているうちに、どちらからともなく眠ってしまった。


その日の夜中、目が覚めた2人は一緒に遅い夕飯をとっていた。

「理子さんの思う幸せってどんな形ですか？」

「うーんと、形っていうのと違うけれど、充実した生活の中に自分がいることを実感するって感じかな」

「じゃあここは真逆の場所です。こんな不幸な所はないですよ」

以前にも見えた理子の目の奥の悲しみがまた少し見え、昼間肩を震わせながら泣いていた理子を真哉は思い出す。

「理子さん、本当は理子さん自身、幸せを信じていないんじゃないですか？」

理子は悲しげに答える。

「そうね。そうかもしれない。幸せがあるんなら、真くんも私もこうしていないものね」

「儚い幻を見てつかの間の喜びを味わうことが幸せというのならそんなものはいらないです。永遠に幸せであり続けることなんてないのなら元々幸せにはならなくていいです」

真哉の言うことに理子はハッとしたように真哉を見つめる。

「確かに真くんの言うとおり夢は覚めるものだから、それが楽しい夢であるならそうであるほど、覚めた時のショックは大きいわね。私も夢を見ていたのかもしれない。夢から覚めて現実に突き落とされちゃったのね」

「それで僕の家でもう一度夢を見ようと？　でもだからと言ってよく知らない人の家に泊まって一緒に暮らそうなんて、やけっぱちじゃないですか。こんなこと人に言える身じゃないないですが、もっと自分を大切にして下さい」

「良く知らない人じゃないよ。真くんは何かを背負い1人で苦しんでる人。私と同じ」

理子はより一層悲しみに満ちた目で真哉から視線を外し遠くを見るような目をした。

「この話まだ誰にもしていない、家族も友達も知らないの。私が見ていた夢はね……」

理子は淡々と話し始めた。まるで他人事のように……。

日曜日。

今日は秀が6年生になってからの初めての授業参観だ。理子も仕事が休みの為出席できる。普通の親は、子供の授業参観を楽しみにするのだろうが、理子の場合は不安になる。毎回受業参観のたびに、秀の姿を見るのが辛いのだ。

秀が、学業におけるその類まれな才能の片鱗を見せ始めたのは小学校に入る前。ひらがなだけでなく、簡単な漢字の読み書き、足し算、引き算だけでなく掛け算、割り算もいつの間にか憶えていた。小学校に入るとその学力はさらに加速していった。

小学校1年生のある日、理子は教師に呼び出されて秀が授業に集中しておらず、教科書も授業とは別のページを見ているようだと伝えられる。それでもテストは毎回100点を取るため、教師も理子も不思議に思っていた。秀に話を聞くと授業は簡単すぎてつまらないと言うばかりだった。

そして2年生になり他の子が九九を憶えているときにすでに2桁以上の掛け算と割り算どころか分数の計算も簡単に出来るようになっていた。秀にとっては授業のスピードが遅すぎて逆についていけないのだ。

その事実を確信してからが、理子の本当の苦労だった。秀の為に、授業には参加せず自主学習を教室でさせてもよいと学校側を納得させるまで、何度校長をはじめとする教師たちと話をしたか分からない。

授業の流れを全く無視し、1人で勉強をする秀は小学3年生の時にはすでに小学卒業レベル、小学4年生で中学卒業レベル、そして小学6年生の今は大学受験レベルの勉強をしている。

今日の授業参観でも授業に参加せず、1人で勉強している秀の姿を見るのはつらいと理子は思うのだった。でもそんな秀を応援できるのも母親である自分だけだとも思い、学校へと向かった。

今日の授業は歴史だった。教師がこの日の為に用意したプリントは秀にも配られたが、秀はそれには全く目もくれず、ひたすらカリカリと問題集を解いていた。

他の生徒の授業の邪魔にならない様に、逆に授業が秀の勉強の邪魔にならない様にと、秀の座席はいつも窓際の一番後ろの席だった。理子はその秀のすぐ後ろに立って机を覗きこむと、今日は数学の問題集を解いているようだった。

「……そして源頼朝が征夷大将軍となって、鎌倉幕府を開きました。それではこの鎌倉幕府が出来たのは何年でしょう？　分かる人は手を挙げてください」

と教師が言うと「ハイ」と一斉に生徒たちが手を挙げる。

秀はもちろん手を挙げないと理子は思っていたが、意外にも秀は手を挙げた。教師も気づいたようで、

「えーと、ん？　では鳥井君に答えてもらいましょう」

と驚き戸惑いながら秀を指名した。

「えっ？」とクラス中の生徒も驚いたように振り返り秀を見る。それほど珍しいことなのだ。

指名された秀だけが平然と「はい」と返事をして立ち上がり、

「良い国作ろう鎌倉幕府なので、１１９２年です」

と答えた。

一瞬クラスが静寂に包まれたが、すぐに笑いが巻き起こった。

「『よいくに』じゃなくて、『いいくに』だよ」

「２０００年以上も未来じゃん」

という生徒たちの突っ込みも入る。教師も苦笑いしている。理子は「まったく」とつぶやきながら秀の頭を軽くこづいた。

教師も仕切り直し、授業が再開する。秀も自分の勉強を再開し、またいつもの授業風景に戻った。理子の隣に立っているクラスメイトの父親も秀の様子をじっと見つめていた。

ふと秀の問題を解く手が止まる。珍しく問題につまづいているようだ。理子も一応は大学を卒業している。どれどれと秀の問題集を覗くがそこに書かれている問題が何を求める問題なのか、問題の意味を理解することすら理子には出来なかった。すると一緒に秀の机を覗きこんだ先程の男性がコソコソと秀に一言耳打ちをした。

ハッと秀は振り返り、その男性に笑顔を向けるとカリカリと問題を解いていった。

秀がその問題を解き終わると、ちょうどチャイムもなり授業も終わった。

「じゃあ帰るからね」

と理子は秀と軽く言葉を交わして教室を出る。

その間際にもう一度秀に目をやると、他の生徒と楽し気に話をしていた。授業では一人ぼっちでもクラスではそうではなさそうだ。少しほっとした様子で理子は帰ろうとしたところで先程の男性の姿を見つけ声をかける。

「あのー」

「あぁ、鳥井さんでしたね。あ、いや失礼。私は畠田です」

「あ、さくらちゃんのお父さんでしたか」

畠田さくら。さすがに秀ほどではないが、勉強も出来て明るい優等生。学級委員長にも選ばれている可愛い女の子だ。そのさくらの父親、畠田孝太郎が楽しそうに話をする。

「先ほどの秀君、さくらから話は聞いていましたがそれ以上の天才ぶりでしたね。ファンサービスも忘れていなかったですし」

良い国作ろうのことを言っているのだろう。

「全くあんなふざけて。他の子たちの授業の邪魔はしないって約束なのに」

「いやいや、あのくらいのいたずらと言いますか、遊び心を持つことは重要ですよ。それにしても本当に大学入試問題を解いているんですね。この目で見るまでは信じられませんでした。和瀬田や経央、東皇大学の問題をスラスラ解く小学生なんて本当に素晴らしい」

「あの、秀が最後に解いていた問題、私見てもちっとも分からなかったのですが、あの問題は?」

「あぁ、あれはここ数年で1番正解率が低かった東皇大の入試問題です」

「東大ですか」

　孝太郎がなぜそんなことを知っているのかと理子は不思議そうな顔をした。

「実は私、予備校の数学の講師をしているんです。今日は運よく秀君が数学をやってくれていて本当に良かった。あの問題とても良い問題ですが、とても難しい問題でして」

と、突然声をひそめる。

「あの問題、実は私も解けなかったんですよ。そんなことが広まったら、受講生が減ってしまいますから、大きな声では言えませんが」

と、にやりと笑った。そしてゴホンと咳ばらいをする。

「で、そんな問題を私の簡単なヒントだけで1人で解いてしまったんですから。うちの受講生たちよりも優秀ですよ」

　孝太郎はひどく上機嫌だ。

「それで、中学は私立に?」

「いいえ、私もそう思っていたんですが、秀は私立には行かない、友達と一緒の公立に行きたいと。

うちは父親がいないものですから、経済的なことを気にしていると思うんですが。みんなと離れるのは嫌だから公立に行くと言っているんです」

「そうでしたか。いや、案外本当にそれが秀君の本音かもしれませんよ。授業中にみんなとは違うことをやっていても、他の友達とは上手くやっているようですから、そんな友達と離れたくないと思うのは当然です。家内からも聞きましたが、今のように授業を受けずに自分の勉強をしても良いと学校側を納得させるのに大変苦労なさったそうですね。秀君はそのあたりのことも考えているのかもしれません。鳥井さん、私立と公立の違いは分かりますか？」

「えっ？」

突然の問いに理子は戸惑う。

「それは学費が有るか、無いか、とかですか？」

「ええ、それももちろんですが、公立と比べると私立は高校受験の予備校みたいなところがありましてね。義務教育として基礎学力を身につけるというより、難関の高校受験の合格者を出すことに重きを置いているところがあるんです。ですからきっちりと受験対策のカリキュラムが組まれていて、その通りに授業を受けなければなりません。すでに大学入試レベルの勉強をしている秀君にとっては、また退屈で無意味な授業になってしまうでしょうし、今のように授業を受けずに自分のペースで勉強をするなんてことは許されないでしょう。秀君は頭が良すぎて私立を退学になるかもしれませんよ」

と孝太郎は言った。

こういった悩みを今まで誰にも相談できなかった理子にとって、孝太郎の話は目からウロコだった。

「そうですか、では秀とまたそのあたりのことを話してみることにします。あの、こんな話他の人に相談できなかったものですから、ありがとうございます」

「いえいえ、私の方こそ差し出がましいことを言ってしまいました。失礼しました」

「とんでもないです。それと秀に私立は合わないのは分かりましたが、今まであの子の方から参考書や問題集など何が欲しいと言ってきて、私もそれには応えるようにしてきたんですが、逆にあの子に何か勧められるような勉強法などあるでしょうか？」

「秀君は全教科あのレベルの学力なんですよね？」

「はい、おそらく。英語、古文、物理、化学もやっています」

「それなら秀君に勧める勉強は英語ですね」

「英語ですか……」

理子は肩透かしを食らったかのようにぽかんとした。

「いや、机の上でやる単語や文法の勉強ではなく、生きた英語、本物の外国人と直接話す英会話、それもジュニアクラスではなく、一対一の大人向けのスクールが良いでしょう」

「あ、英会話スクールですね。なるほど。それは思いつきませんでした。ありがとうございます。

早速秀に勧めてみます」

「鳥井さん、子を持つ親はみんな色々と悩みを持っているものです。私で良ければまたなんでも話して下さい。私も秀君の将来には期待していますよ」

「ありがとうございます」

「それでは秀君にまたうちに遊びに来るように伝えて下さい」

「えっ？　秀が畠田さんのお宅にお邪魔していたんですか？」

「あれ？　ご存じ無かったんですか？　さくらの勉強も見てくれているらしく、お世話になっているのはこちらなんですよ」

「そうだったんですか。では今度はさくらちゃんもうちに遊びに来るようにお伝え下さい」

　理子は何度も礼を言い、そして２人は校門で別れた。

　それにしても秀がさくらの家に遊びに行っていることを内緒にしていたことに理子は驚いた。

　先日、学校に好きな子がいると言ったことが、あながち冗談ではないのかもしれないと理子は思うのだった。

理子がうっすら涙を浮かべながら話すのを、真哉はただ黙って聞いていた。

大学を卒業した理子は、相変わらずの不況で就職先も決まらずにいた。働かないわけにもいかないので、派遣会社に登録して、事務派遣のＯＬとして大手商社で働くこととなった。

そして３年あまり経ち、１人の男性社員が人事異動で本社から理子のいる課にやってきた。

松下祐樹。役職は松下の若さでは異例の課長。理子のいる支社は本社からも近く、たまにこうして本社のエリートたちが経験を積むためにやってくるが、今回の松下の異動は皆の注目の的となった。

若くエネルギッシュで、経験の浅さをその類まれな発想力で補い、課をひっぱっていく行動派。松下はそういう人物だった。その為上司からも部下からも好かれ、そして女子社員からも熱い視線が送られるようになっていく。が、派遣社員である理子には関係のない話で、やはり正社員と派遣社員の間には溝はあるのだった。

ある日、仕事の後に飲みに行こうと松下がみんなを誘っていた。当然いつものように理子たち、派遣社員には声が掛けられないものかと思っていたが、意外にも正社員も派遣社員も関係なく、課の全員に声が掛けられ理子も参加することとなった。

そして飲み会が始まり暫く経つと、突然理子は松下に話しかけられた。

「鳥井さん、俺は他の課と違って、君たち派遣社員のみんなとも、もっと密な関係を築いていきたいと考えているんだ。同じチームの仲間だからね。だからこれからは君たちの意見や提案も、どんどん吸い上げて取り入れていこうと考えている。鳥井さんにも協力してもらいたいんだ」

酒の席での上辺だけの話かと思ったが、それから松下は派遣社員を正社員と同等に扱うようになった。

そんな松下に理子が好意を抱くようになるのも自然な成り行きだった。理子は松下の期待に応えようとより一層業務に励んでいった。理子と松下の職場での距離も縮まっていき、そしてある日、松下は理子を食事に誘い、こうして2人の交際が始まった。仕事に支障をきたす恐れのあるため、社内では付き合っていることを他の社員には内緒にしていた。それから2年程が経ち、2人ともはっきり言葉には出していないが、「結婚」を意識するようになっていった。

そしてある日、

「理子！　やったぞ！　本社から特別な仕事が任されることになった。それが上手くいけば部長に昇進出来るって話だ。まだ詳細は聞いていないがな」

と松下から突然の話があった。

「でな、理子が良ければの話なんだが、もういい加減、派遣でなくうちの正社員にならないか？

俺は本社の人事部長とも仲が良い。俺から頼めば聞いてもらえるはずだ。どうだ？」

と、理子にとっては二重に嬉しい松下の言葉だった。もちろん松下の言うとおりに正社員になれるようにお願いをした。

「これで俺が部長で理子が正社員だな」

それから松下は本社の特命で出張が多くなり、理子と一緒に過ごせる時間が少なくなった。そして電話やＬＩＮＥのやり取りも少なくなっていき、ついには連絡もほとんど取らなくなっていった。

そして１か月程経ったある日、社内で松下が部長へと昇進するという辞令が出された。それともう１つ、松下が婚約するという噂も社内に流れていた。相手は理子ではなく取引先の社長令嬢。何故そんな噂が、と不安に思った理子を人事部長が呼び出した。

自分が正社員になれるのだと思い人事部長の元へと向かう。

「鳥井君、君は今まで長く派遣社員として良くやってくれていたと松下君から聞いているよ。そんな君に話すのはとても気が引けるのだが、我が社も不況のあおりを受けて大変厳しい状況だ。人員削減を本社・支社ともに行わなければならない。それでね、鳥井君。申し訳ないが君の派遣契約を今月いっぱいで打ち切らせてもらおうと考えている」

突然の部長の言葉に頭がついていかない。

「それとね、まぁこれは２人の問題だから私から話すのもなんだがね。君も噂を聞いたかもしれないが、松下君は今度結婚することとなった。松下君とは特別な関係だったこともあったかもしれないが、仕事上のパートナーとしてやってきた松下君を祝福してやってくれないか？」

その日はどうやって家に帰ったか憶えていなかった。松下に電話をしても全くつながらない。LINEも既読にはならなかった。

翌日、荷物を片付けるために出社した理子は、部長昇進をみんなに祝福される松下の姿を遠くからただ黙って見つめていた。


「それっきり会社にも行っていないし、彼とは会っていない。ただ聞いた話だと彼の婚約相手の父親が経営する会社と私のいた会社が合併するって話。その為に厄介者の私をお払い箱にしようってことだったのね」

真哉はかける言葉も見つからない。理子が再び口を開く。

「実はね、これだけじゃないの。私、彼の子供を身ごもっていたの。彼の昇進のお祝いに伝えるつもりだったから彼は知らない」

真哉は驚いて理子を見る。

「堕ろしたわ。私が殺したの」

理子は目を真っ赤にしながら涙声で話したところで体を真哉にゆだねながら、泣き崩れてしまった。

真哉は優しく理子の肩を抱きながら話す。

「理子さん、僕はこの間鈴香ちゃんのお母さんに言われる前から同じことを考えていました。もう少し早く鈴香ちゃんの腕を引っ張ることができたら、鈴香ちゃんは死なずに済んだかもしれない。鈴香ちゃんを殺したのは僕です。僕も理子さんと同じです」

鼻をすすりながら、理子が話す。

「真くんのは事故でしょ。あの日、鈴ちゃんの事故があった日にね、私は赤ちゃんを堕ろしたの。嫌な巡り合わせね。お兄ちゃんたちが鈴ちゃんを失った日に自分の子供を堕ろしたなんてとても言えなかった」

仕事、信じていた愛、そしてお腹の子。夢の終わりと同時に大切なものを3つも失う悲しみは1人では耐えきれない。だからと言って、悲しみや苦しみを誰かと分け合うことも出来ない。本人でしかその悲しみは分からないのだから。

ただ理子が真哉にこの話をしたということは真哉に何かを求めて話したはずである。が、真哉には出来ることは何もない。

「理子さん、理子さんの悲しみを取り除くことなんて僕には出来ないです。僕に出来るのは話を聞くことと一緒にいることぐらいしかありません」

「いいの。真くん、突然こんな話しちゃってごめんね。誰にも話したことなかったから、誰かに聞いて欲しかっただけ」

と真哉にゆだねていた体を元に戻した。

「その子のお墓参りに行ったことは？」

「えっ？　納骨の時に行ったきりだけど……」

「理子さんの幸せにつながることかどうか分かりませんが、今度、理子さんのいい時にお墓参りに行きませんか？　僕も一緒に行きますから」

「うん、そうする。そのときは真くん一緒にお願いね。はぁー話せてすっきりした。聞いてくれてありがとうね。もうこんな時間ね。そろそろ寝ましょ」

「いや、僕はちょっと調べ物があるんで先に寝てて下さい」

「そっか、じゃあ先に寝るね。おやすみ、真くん」

「おやすみなさい」

そして真哉はパソコンに向かい始めた。

鈴香は授業が終わると部室棟へと向かった。女子サッカー愛好会の部室に着くと数名の女子生徒が中から出てきた。

「じゃあねー、アンコちゃん、またねー」

と部室の中に居るらしい生徒に挨拶をして去って行った。その姿をぼーっと眺めていた鈴香はハッと我に返り、部室の中へと入っていく。

「あのー、すいません」

「はい、なんですか？」

中に居たのはショートカットの女子生徒。ジャージの色からすると鈴香と同学年らしかったが顔は知らなかった。

「サッカー愛好会に入りたいんですが」

女子生徒は鈴香の申し出に一瞬驚き喜んだが、すぐに肩を落としてけだるそうに１枚の紙を鈴香に差し出した。

「この名簿に名前を書いて下さい」

『女子サッカー愛好会名簿』と書かれたその用紙には６、７人の名前しか書かれていない。人数が少ないことは鈴香も予想していたが、これほど少ないと知りショックではあった。

名簿に名前を書き終え、その女子生徒に紙を返すと、やはり何か投げやりな感じで、

「鳥井さん、ね。私３組の藤木杏子。よろしく」

と簡単な自己紹介が返ってきた。

「藤木さん、他の人たちは？」

「ん？　さっきここから出て行った先輩たちにすれ違わなかった？　今日は、っていうかいつもここにはだいたい私しかいないの」

「えっ？　じゃあ練習は１人なの？」

「うん」

と短い返事。

ちゃんとした部活ではなく愛好会であるにしてもひどく残念なことだった。

「じゃあこれからはマンツーマンでサッカーの練習教えてもらえるのね。藤木さんよろしくね」

「えっ？　鳥井さん練習するの？」

「えっ？　練習しちゃいけないの？」

なんともちぐはぐなやり取りだが、杏子はさっきまでのやる気のない感じから、少し元気を取り戻したようである。

「鳥井さん、あの、ここは部に昇格できない愛好会なんだけど、それで他のメンバーの先輩たち

はJリーグとか、なでしこジャパンのファンってだけでここに入会してきた人たちで、まともに練習してるのは私1人しかいないの。鳥井さんもただのサッカーのファンってだけで入会してきたのかと思っちゃったから」

「そうだったの。でも藤木さん安心して。私サッカーはほとんどやったことないけど、一緒に練習するから」

「えっ？　サッカーやったことないの？　なんでサッカー始めようと思ったの？」

「えーと、かっこいいから、かな」

と鈴香は口ごもる。

　流のプレイを見てかっこいいと思ったのはもちろんだが、先日秀と2人で話し、試した鈴香の不思議な能力、これがあればルールや制限のあるサッカーも上手く出来そうだと考えたからだった。

「そう。でもサッカーってかっこいいけど、見てても分かるとおり結構ハードだから、最初のうちは無理しないように練習していこう。私がいろいろ教えるから」

「ありがとう。じゃ、早速ジャージに着替えるね」

「シューズは持ってないよね。ま、いっか。普通の運動靴で」

「あっ、うん、今度はシューズも用意してくるよ」

　2人は話しながら練習の準備を始めた。

「鳥井さん、ホントにサッカーやったことないの？」

ドリブルする鈴香をみて杏子が首をかしげる。

「うん、体育の授業でちょっとしかやったことないけど」

ボールを蹴る強さ、自分とボールとの距離、蹴るタイミング、右足で蹴るか左足で蹴るか。ただボールを蹴りながら走れば良いというわけではない。鈴香はほとんどやったことのないドリブルがスムーズに出来たことをある程度予想はしていたものの、それでもやはり驚いた。

「鳥井さん、元々センスが良いのね。じゃあ次はポールを立てるからその間をジグザグにドリブルしてみて。こんな風に」

と杏子はポールを3メートルほどの間隔で数本立てて、ボールを蹴りながらその間を器用にぬっていく。

「うん、分かった。やってみる」

と鈴香は言われたとおりに行う。右へ左へボールを操りながらポールの間を走り抜ける。スピードも中々のものだ。

「ホントに上手いね。私が教えることがないぐらい」

と杏子も感心している。

しかし鈴香はボールを器用に操れば操るほど、自分の中で何か違和感を感じていた。何かに束縛され、自由を失った感覚、息苦しさの様なものを感じる。

その後も杏子と2人で練習をしている間中、その奇妙な感覚は消えなかった。

ボールを器用に操ることは出来ても体力まではそうはいかないようで、普段の運動不足も重なり、しばらくして疲れた鈴香はペタンとグラウンドに座り込んでしまった。

「うーん、もうダメー。動けないー」

その様子を見た杏子は笑いながら、

「さすがに初日から飛ばしすぎたかな。鳥井さんがなんでも器用にこなしちゃうからだよ。じゃあ今日はここまでにしようか」

と言って、その日の練習は終わりとなった。

第七話 THE END OF THE WORLD

翌日、昼間に目覚めた真哉は珍しく外出用の服に着替え、出かける準備をしていた。

「どこに行くの？」

理子が聞く。

「精神科の病院です」

「そっか、何時頃帰ってくる？」

「ちょっと分かりませんが、病院が混んでいたら夜になってしまいます」

「じゃあ、私も家に帰って色々と荷物持ってくるね」

「はい、では行ってきます」


真哉は病院には行ったが予約を取ってあるため、待ち時間なく診察を終えた。理子には嘘をついたのだ。

その後、夕方になるのを待って、たまに顔を出すクラブへと向かった。

「太田ちゃ～ん。珍しいじゃん、こんな時間から。新しいのでも手に入ったの～？　ＤＪのエルが会いたがってたよ～」

クラブの店員の愛川が迎える。

「いや、今は物《ブツ》はないけど、しばらくしたら手に入るよ。それよりちょっと調べものしてて。誰か知ってそうな人を紹介してもらえないかと思って」

「お～業界の話？　その筋の人でもＯＫよ～ん」

「いや、そうじゃなくてね。実は……」

真哉はにやりと笑いながら愛川に話をし始めた。


「ただいま」

と真哉は玄関を開ける。

「おかえりー。遅かったね。やっぱり病院は混んでた？」

「はい、３時間待ちです。疲れました」

「それは大変だったわね。夕ご飯は食べてきた？」

「いや、まだです。理子さんは？」

「私もまだ」

「じゃあどこか食べに行きませんか？」

いつもコンビニの弁当で済ます真哉にとっては珍しく、また真哉の様子も少し上機嫌のようだった。

「何？　なんか良いことでもあったの？」

「いや、別に何もないですよ」

そういう真哉のサングラスの奥の目は笑っているようにも見えた。

そして2人は近所のファミレスで食事をとることにした。


「ねぇ、真くんのマンションって駅も近いし、建物も新しいし結構家賃高いでしょ？」

「家賃はないですよ。買ったんです」

「えっ？　買ったの？　いくら？」

「3000万です」

「ローン大変じゃない？」

「いや、一括で買ったんです」

「えー、すごい！　前はそんな高給取りだったんだ」

「はい、貯金して買ったんです。今は働いていないですから、貯金を切り崩して生活していますが、たまにバイトしてるんでなんとか生活出来ています」

「バイト？　なんの？」

「友達の仕事の手伝いです。右手が使えなくても出来る仕事なので」

「右手は動くようにはならないの？」

「身体的には何の異常もなく、精神的なものだろうっていう先生の話です。いつ動くようになるか誰にも分かりません。まぁ、あまり深刻に考えてもどうにかなることではないですから。それより友達に話をしてあるんで、また近いうちにバイトすることになりそうです」

「そっか。私も仕事何か見つけないとなぁ。このままじゃニートになっちゃう」

「この間も話していたでしょう。理子さんは今は休む時期なんです。でも……」

「でも？」

「でも理子さんの気が紛れるなら、何かを始めても良いと思います。仕事だけじゃなく習い事とかそういうのだっていいだろうし、旅行とかはどうですか？」

「あっ、そうね。うーんでもやっぱり今は何もしたくないかも」

「じゃあ、やっぱり今はただ休む時期なんですよ」

　やはり今日の真哉はいつもより明るく冗舌だった。

第八話　フリーダム

サッカーの練習を終えた鈴香と杏子は制服に着替えながら話をする。

「ねぇ、鳥井さん」

「ん、鈴で良いよ。その方が慣れてるし」

「じゃあ鈴ちゃんね、私は『アンコ』で」

「そういえば先輩たちにそう呼ばれてたね」

「杏子の『杏』が『アン』って字だからね」

「そっかー。じゃあアンコちゃんね」

「鈴ちゃん、今までに何か他のスポーツやってたの？」

「ううん、体育の授業以外には特に何にもやってなかったけど」

「えー、それであれだけ動けるのはすごい才能だよ」

「そっかな」

と言いながらも鈴香は自分の特別な能力のことを考え、複雑な気持ちだった。

「アンコちゃんはいつからサッカー始めたの？」

「小学校の時、サッカー少年団に入って、男子たちに交じってやってた。中学も男子サッカー部しか無かったけど、顧問の先生にお願いして練習だけは参加させてもらってたの。試合にはさすがに出させてもらえなかったけど。実は今も地元のフットサルチームに入って土日はそっちで練習してるんだ」

「へー、すごいね。本当にサッカー一筋なんだね」

「あっ、そうだ鈴ちゃん。実はね、ここでも男子サッカー部と一緒に練習をさせてもらえるようにお願いしてあるの」

「えっ？　男子と一緒？　私ついていけるかなぁ」

「大丈夫、大丈夫。鈴ちゃんなら。うちの男子サッカー部って全国でも指折りの強豪チームだけど……」

「えっ？　そうなの？　ますます不安……」

「ほとんど毎年全国大会に出場してるの知らないの？」

「うん、ごめん」

「まぁいいや。それでね、部員も多いから一軍と二軍に分かれてるの。私たちが一緒に練習するのは二軍の方。サッカー部の麻池君から聞いた話だけど、二軍なら私でも十分ついていけるって言ってたから、私と鈴ちゃんなら大丈夫」

　突然、流の名前が出たため鈴香は驚く。

「アンコちゃん、麻池君と仲良いの？」

「うん、仲良いっていうか中学から一緒なの。今はあんなにサッカー上手くなったけど、中学1年の頃は私よりサッカー下手だったんだから。あ、鈴ちゃん同じ5組だったよね」

「うん、話したことないけど」

「麻池君にも監督の先生に男子と一緒に練習出来るようにお願いしてもらっているから、あんまり悪口言ってたら怒られちゃう」

杏子は笑いながら続ける。

「2人でやるより、大勢でやった方が練習も楽しいよ。実践的な練習も出来るし」

「うん、そうだね。男子と一緒に練習かぁ」

「鈴ちゃんはボールの扱いは上手いから、男子との練習に備えてまずは体力トレーニングだね。明日も練習来るよね」

「うん、毎日来るよ。アンコちゃんも毎日来るよね」

「今までは気が向いた時だけだったけど、鈴ちゃんがいるから毎日練習に来るよ」

「うん、じゃあ2人でがんばろ！」

2人は男子サッカー部との練習に向けて意気投合したのだった。

ある日曜日。

「理子さん、今日はちょっと用事があるので出かけてきます。夕方には戻ると思いますので」

「えっ？　今日真くんいないの？　じゃあ一緒に行っちゃダメ？」

「いや、バイトなんです。すいません」

「うん、分かった。じゃあ私も出かけてこようかな」

と理子は残念そうに言った。


スーツに身を包んだ真哉はある結婚式場へと向かった。フロントには今日行われる結婚式の予定が書かれてあり、その中の1つに「松下家・森田家　結婚披露宴」とあった。真哉はその式場に向かう。

真哉が理子から話を聞いたのが今日の結婚式の前だったのは偶然だが幸運だった。今日のこの日の為に理子には内緒で下調べや準備をしてきたのだ。

式場では披露宴の開始に向けて従業員たちが慌ただしくテーブルや照明のセッティングなど準備に追われている。真哉はその中に堂々と入っていき従業員の1人に声をかける。

「すいません、司会者の方はどちらですか？」

「はい、あそこでマイクのテストをしている者です」

「どうも」

従業員は何も怪しむことなく真哉に教えた。真哉は司会者に近づき話しかける。

「すいません、私、新郎の松下の友人なんですが、今日松下を驚かせようと友人たちとちょっと計画しているので、ご協力してもらいたいのですが……」

「どのようなことでございましょうか？　あまり面倒なことですとちょっと……」

「いや、そんな難しいことじゃありません。実は新郎新婦入場の時の司会を代わってもらえないかと思いまして。そこで少し松下を驚かせるスピーチをする予定なんです。松下はあがり症だからちょっと笑いをとって和ませようと」

「なるほど、そうでございましたか。それくらいでしたら大丈夫でございます。こちらが本日のプログラムでございます。そしてこちらが新郎様、新婦様ご入場時の台本です。ここの部分だけは必ず読むようにお願いいたします」

「はい、後はこちらでも台本を用意しているので、任せてもらえますか？　すいません急にお願いしてしまって」

こうして真哉は司会者に代わって新郎新婦入場時の進行をすることになった。

そして式が始まり、いよいよ新郎新婦の入場となった。ここで真哉の出番である。真哉はいつものサングラスをかける。

「新郎新婦のご入場でございます。皆様盛大な拍手でお2人をお迎え下さい」

松下は白いタキシード、一方の新婦の森田美幸も純白のドレス。2人とも実に幸せそうだった。

拍手で迎えられた2人は笑顔で席につく。

真哉はマイクで2人の紹介をする。

「新郎の松下祐樹君は和瀬田大学を卒業後、大手商社である神谷商事に勤務しており、若くして部長として活躍している前途有望な青年であります。実は松下君の伯父様はこの神谷グループの会長を務めている方でもあります。一方、新婦の森田美幸さんはお父様が大手ゼネコンであります王子建設の社長をしており、今回の結婚は来年行われる予定の神谷商事による王子建設の吸収合併の為に仕組まれた政略結婚であります」

会場内がざわつき始めるが真哉は気にせず、より一層声を大きくして話を続ける。

「松下君にはこの結婚の直前まで付き合っていた女性がいましたが、自らの昇進と彼女を天秤にかけ、出世への道を選びあっさりと彼女を捨てました。このように優れた決断力をもつ松下君なら、美幸さんを幸せにしてくれるでしょう」

「なんだお前は！　誰だ！　理子か？　理子の差し金か！」

松下が怒鳴る。

「理子？　さてどなたでしょう。私には分かりませんが、どうやら松下君には身に覚えがあるようです」

「おい！　誰かそいつを黙らせろ！」

松下の叫ぶ声ですぐに式場の係員が２人、真哉の方に向かうが、真哉は両手を挙げてその２人に話す。

「丸腰で無抵抗な人間相手に手を出すと立派な暴行罪だ。ここはちょうどビデオカメラも回っている。証拠にもなるな」

もちろん口から出任せのデタラメだが、２人の従業員は真哉に何も出来ずにいる。

「もう少しで終わるから待ってろ」

と真哉は言い、再び松下に向けて怒鳴りつけるようにマイクで話す。

「おい、松下、よく聞け！　４月14日だ！　忘れるな。もう一度言う4月14日だ！　お前の子供をお前が殺した日だ！　彼女はお前の子供を妊娠していたんだぞ！　お前のせいで彼女は子供を堕ろしたんだ。それが4月14日だ！　俺はお前がどこに行って何をしていようともお前を探し出して、毎年４月14日にお前の前に姿を見せるぞ！　お前が自分の子供を殺した日を一生忘れないようにな！」

式場はシーンと静まったままだ。松下は茫然とした様子で口を開けている。一方の新婦の美幸だけは耐えきれず泣きながら式場を走り出て行った。

「それではこの呪われた結婚に皆様もう一度盛大な拍手をお願いします」

と言い、真哉は拍手をしながら式場の出口へと向かう。もちろん他に拍手をする者などいない。扉の前でもう一度式場を振り返り、一礼してから扉を開けた。

「何故ここにいるんですか……？」

真哉は驚く。そこには目に涙を一杯に溜めた理子が真哉をにらみつけ立っていた。

パァンと乾いた音をさせ、理子は思い切り真哉の頬を張った。そして真哉に背を向けるとすぐさま真哉の前から去って行った。真哉は理子に声をかけることも出来ずに理子の背中をただ見送るだけだった。

第九話　フリーダム

駅のホームから線路に落ちる自分。そして自分の腕を掴み、一緒に線路へと降りる青年。自分を線路の向こう側へと押し出すその青年が、電車にぶつかると光の粒となって空へと消えていく。

そしてここで目が覚める。またこの夢だ。いったいこの夢は？と思いながらリビングに向かうと、海人と雅子がコーヒーを飲んでいた。

「あら鈴香、おはよう。どうしたの、日曜なのにこんなに早く起きて。どこかに出かけるの？」

「おはよう。うーん、ちょっと夢見ちゃって。あ、お母さん、私は紅茶飲むー」

「なんだ？　どんな夢だ？」

と海人が聞いてくる。

「うーんとね、私が小さい頃、電車に轢かれそうなる夢」

紅茶を入れる雅子の手が止まる。海人もコーヒーを吹き出しそうになる。

「ねぇ、もしかして私、ホントに小さい頃電車に轢かれそうになったことあるの？」

海人と雅子は顔を合わせ海人が口を開く。

「いや、まぁ、あるにはあるが……」

「じゃあもしかして、私を助けてくれた人いなかった？」

まさか鈴香がその時のことを覚えているとは思っていなかった海人と雅子は驚き、とっさに嘘をつくことすら出来ない。

「いや、まぁ、いたんだが、鈴香、あれは事故だったんだよ」

と海人が言い訳するように話す。

「その人はどうなったの？」

鈴香の問いに2人は黙ったままだった。

「死んじゃったの？　私のせいで……」

「鈴香が悪いんじゃない。誰も悪くない。事故だ。不運な事故だったんだよ」

海人の言葉も鈴香の耳には入ってこないようだ。

鈴香は茫然とした様子で、自分の部屋へと戻ってしまった。

突然思わぬ形で鈴香に真実を知られてしまった海人と雅子は肩を落とす。

部屋に戻った鈴香はベッドへともぐりこみ、あの夢のことを思い出していた。あの青年は何故あんなに優しく悲しい目をしていたのだろう。何故私を助けてくれたのだろう。色々考えているうちに鈴香は眠ってしまった。

翌日、鈴香はいつもどおりに起き、学校へ行く支度をしていた。昨日のことはショックではあったが、それを表には出さないようにしていた。

海人と雅子も鈴香が昨日のことを引きずっていないと思っているだろう。

朝食をとりながら鈴香は明るく話す。

「お母さん、部活あるから帰り遅くなるね」

「鈴香、部活に入ったの？　何部？」

「サッカーだよ」

「えっ？　鈴香が？　サッカー部？　出来るのか？」

海人も雅子も驚いた様子だったが、

「うん、私才能あるみたいで、ドリブルとか結構うまいんだよ」

と、鈴香は自慢げに言う。

「それが女子の方は全然なの。実は部員がいなくて部じゃなく愛好会なんだ」

「そういえば鈴香の学校はサッカーの強豪校だからな。女子サッカー部も盛んなんだろう？」

「部員は何人くらいいるんだ？」

「7、8人くらい。でも実際に練習してるのは、私ともう1人同じ学年の子だけ。先輩たちもいるんだけど、練習はしていない幽霊部員みたいな感じ。だから、男子サッカー部と一緒に練習できないか今交渉しているところなの」

「そうか、それじゃ試合は出来ないな。応援に行きたかったが、残念だな」

「そうなの？　ケガだけはしないように、頑張ってね」

雅子は少し心配そうだった。

「うん！　頑張る。あっ、そうそうシューズが欲しいから今度買ってくれる？」

「よし分かった。今度の休みに一緒に店に行くか。好きなのを買ってやるぞ」

雅子とは対照的に海人は、とてもうれしそうだった。

「うん、ありがとう。約束だよ」

朝食をとり終わった鈴香は元気そうに学校へと向かった。

第九話 THE END OF THE WORLD

真哉が家に戻ると玄関には理子の靴があった。意外にも理子は真哉の家に帰って来ているようだった。寝室にいるらしい理子に向かって真哉は声をかける。

「理子さん、帰ってたんですか？」

何の返事もない。

「入りますよ」

と言って真哉は寝室に入ると理子は頭から毛布をかぶり、ベッドに潜り込んでいた。

真哉はベッドに腰かけると理子に話しかけた。

「理子さん、さっきはすみません。あんな真似をしてしまって、でも……」

いきなり理子がガバっと起き上がり、

「でも何？　勝手にあんなことして。私が喜ぶとでも思ったわけ？」

とまくし立てる。

「いや、そうじゃなくてさっきのは理子さんの為にやったんじゃないです。単なる僕の自己満足の独りよがりです」

理子は急に落ち着いた口調で話す。

「私もね、真くん。実をいうとさっき胸がスっとしたの。彼のあんな慌てた姿なんて初めて見た。花嫁さんには悪いけど、私を裏切った彼に仕返しが出来たことが、少しうれしかったのよ。真くん、私が怒ってる理由が分かる？」

「僕があんなことをしたからですか」

「違うわ、真くん。私が怒っているのは真くんが私に内緒にしていたこと。もう1つは今、私の為じゃないって言ったこと。本当に私のことなんか少しも思ってくれていなかったの？」

「いや、そうではないですが……」

「もう、そういう時には『理子さんのことを思ってやりました』って嘘でもいいから言うのよ。私がそう言って欲しいの。分かるでしょ。それにしても真くん、一体どうやって結婚式のこと調べたの？」

「いや、知り合いのつてを使ってですが、理子さんはどうしてあそこにいたんですか？」

「私も今日あの式場で彼が結婚するっていうのは知ってたの。だから今日は1人では居たくなくて。真くんのバイトっていうのも気になったから、悪いとは思ったけど、真くんの後をつけたの。そしたらあの式場に行くんだもの。ビックリしたわ。真くんって普段ぼーっとしてるのにまさか式場であんなことするなんてすごく意外。ホント真くんって何考えてるか分からないよね」

「いや、たいして何も考えていないですよ」

と、真哉は苦笑いしながら答える。

「ねぇ、真くん。この間の一緒にお墓参りに行ってくれるって話、明日良い？」

「あっ、はい。いいですよ」

「じゃあ今日のことはそれで許してあげる。その前にさっき思いっきりビンタしちゃってごめんね。痛かったでしょ。まだ痛む？」

もう痛くもなんともないが、真哉は頬をさすりながら、

「まだヒリヒリします。理子さん思いっきり叩くんですから」

と言ってみる。

「ごめんね。これで許して」

と言って、理子は真哉の頬に唇をくっつけ離す。

「いきなり何を！」

突然のことで真哉は驚き身をのけぞらせる。

「なぁに、あんまり嬉しそうじゃないわね。やっぱりビンタの方が良かった？」

「いやいや、めちゃくちゃ嬉しいです」

真哉は慌てて答える。

「フフフ」

2人は微笑みあっていた。

フリーダム

第十話

学校に着いた鈴香を嬉しいニュースが待っていた。

「アンコちゃんおはよう」

「あっ、鈴ちゃんおはよ。聞いて聞いて。今度の日曜に、男子サッカー部との合同練習するようになったの！」

「えっ？　ホントに？」

「うん、実はね、男子の一軍は練習試合で他の学校に行って二軍しかいないから、二軍メンバーで紅白戦やるんだって。私たちもその試合に出れることになったの」

「うそー、いきなり試合って大丈夫かなぁ。ちょっと私不安になってきたかも……」

「大丈夫、大丈夫。鈴ちゃんなら。ポジションは私と同じディフェンスで良いよね。あとで男子に伝えておくから」

「うん、ありがと」

「ふふ、あんまり肩に力入れすぎないで。じゃあ、放課後ね」

初の男子との合同練習がいきなりの試合形式であることに鈴香は不安と期待を抱いていた。

そして日曜日。鈴香は杏子と一緒に男子サッカー部員の居るグラウンドへと向かった。

「アンコ、鳥井さん、今日はよろしく」

と声をかけてきたのは流だった。

「麻池君、あれ？　練習試合は？」

と杏子が聞く。

「ん、今日は一軍から外された。監督にもなにか考えがあるみたいでね」

「そうなんだ。じゃあよろしくね」

くじ引きでチーム分けを行った結果、鈴香は杏子とも流とも別のチームになった。

「鈴ちゃん、今日は敵同士だから手加減はしないから覚悟してね」

「うん、私も本気でいくからね」


そしてゲーム開始となった。

前半、鈴香はベンチでのスタートとなった。流の姿を無意識に目で追いかける。敵ディフェンスの動きを読み、巧みなボールさばきで、右へ左へとディフェンスを翻弄しかわしながら、前へと進んでいく。やはりその姿はかっこ良かった。鈴香は見とれて思わず応援しそうになっている自分に気が付く。今日は敵なのだ。と思い直した瞬間、その流がシュートを放ち見事ゴール。相手チームの先制点だ。

杏子も良い動きをしているようで、鈴香のチームは中々シュートまでつなげずにいた。その後また流のシュートが決まり、前半戦の45分が終わり、スコアは0—2。流の存在は大きく、一方的なゲーム展開だ。そして休憩後いよいよ鈴香の出番である。

「鳥井さん、リラックス、リラックス！」

「肩の力抜いて！」

と味方チームのメンバーから励まされる。そして後半戦開始直後から流を中心とした相手フォワードの激しい攻撃が鈴香へと向かってくる。

鈴香と流が1対1となる。流の華麗なボールさばき、不規則でトリッキーな動きを見ながら、静香はポンと足を出す。あっさりと流からボールを奪い大きくクリア。

「鳥井さん、初心者って聞いてたけど、全然そんなことないじゃん。次は本気でいくから」

と流は鈴香に話しかける。

それからも流を中心とした相手チームの猛攻に鈴香は完璧といえるディフェンスで対応し、相手チームのパスをカットし、逆に味方へとつなげていく。鈴香のプレイにより前半戦とは逆に鈴香のチームは勢いをつけ、2点を返した。相手チームはそんな鈴香の動きを最大限に警戒し、手を変えて攻撃してくる。

左サイドから上がってきた敵フォワードに、早速鈴香がボールを奪いに行くと、後ろから走ってきた流にバックパス、流はすぐに右サイドへとノールックで素早いパス。鈴香もついていけない。そしてフリーとなった流にボールが回り、シュート。すぐさま鈴香がボールへと走りジャンプ。きれいなオーバーヘッドキックでシュートを大きくクリアした。敵味方全員が茫然と鈴香を見つめていると、ボールは勢いを失わず、真っ直ぐにゴールへと向かっていく。

鈴香は「行けー！」と叫び、誰もがまさかと思ったがボールは吸い込まれるようにゴールへと入ってしまった。

鈴香は「やったー」と1人ガッツポーズをとり、ここで試合終了の時間となった。

理子は翌日、真哉を連れて理子の子供のお墓詣りへと向かった。途中お供え物を買って、墓地に着く。

「ごめんね、変なところに付き合わせちゃって」

「いいえ、前から約束していたじゃないですか」

「着いた。ここよ」

と理子が示す小さな墓石を見て真哉が驚く。

「理子さん、この光は⁉」

墓石が白く光っているのだった。

「えっ？　どうかしたの？」

「いや、墓石が光っているじゃないですか！」

「何言ってるの？　光ってないじゃない」

真哉は理子と墓石を見比べながら、理子にはこの光が見えていないことに気がつく。

そして真哉は動かない右手に暖かさを感じ、見ると右手も白く光っていた。

「真くん、どうかしたの？」

理子の問いかけにも何も答えず、なにか引き寄せられるかのように、墓石へと右手を伸ばす。

すると墓石の光が1つの光の玉となって真哉の方へ近づいてくる。その光を右手で掴んだ瞬間、真哉の意識が一瞬遠のいた。


ハッと気づくと、真哉は見知らぬ街角に立っていた。

「これは一体？　お墓にいたはずなのに……」

すると通りを歩く人混みの中に1人見知った人物の姿を見つけた。

「あっ！　理子さん！」

理子がこちらに近づいてくる。

「理子さん、なんでいきなりこんな……」

話しかける真哉を全く無視して通り過ぎようとする。

「ま、待ってください、理子さん！」

と後ろから理子の肩を掴もうとするが、手が理子の体をすり抜けてしまう。

「えっ？」

気のせいだと思い直し、今度は理子の前へと回り込み、

「理子さん、ちょっと待って下さい」

と話すが、理子は真哉のことが見えていないかのように真哉に近づき、そして真哉の体をすり抜

けて通り過ぎて行ってしまう。

「どういうことなんだ？」

真哉は自分の体を見回すと、まだ右手が光っていることに気がつく。とにかくどうすればいいのか分からず、理子の後をついていくことにする。

しばらく歩いたところで、理子の足が止まった。産婦人科病院の前だ。理子は病院の前でしばらく立ち尽くし、何か決意したように「ふぅ」と1回強く息を吐くと病院の中へと入っていった。

真哉も後に続いて病院に入る。

理子は受付に向かう。

「あのー、電話で予約した鳥井です」

「はい、鳥井さんですね。それではこちらの用紙に記入して下さい」

理子は1枚の用紙を受け取り記入していく。

真哉が用紙をのぞき込むとそれは中絶手術の同意書だった。理子はスラスラと迷いなく記入していく。一番上の日付の欄には「4月14日」と書かれている。

「まさかこれは、理子さんが子供を中絶した時の再現？」

真哉が首をかしげる。

「すみません、書き終わりました」

「はい、それではあちらの席でお待ち下さい」

理子は椅子に座る。

真哉も理子の隣に座り、

「理子さん、ダメだ！　赤ちゃんを堕ろすのを止めよう！」

と必死に理子に話しかけるが、理子には全く聞こえていないようだ。

真哉の右手の暖かさが熱いくらいになっていく。真哉は理子のお腹の辺りもかぼそく白く光っているのに気づく。真哉は無意識に右手で理子のお腹の光っている部分に触れる。すると真哉の手の光が理子のお腹に移り、理子のお腹がまぶしく白く光り始める。

理子はそっと自分のお腹に手をふれて優しくさすると顔をあげ、立ち上がると受付へと向かった。

「すみません。あの、やっぱり今日止めます」

受付の女性も驚いた様子だったが、

「では通常の診察になさいますか？」

と理子に問いかける。

「はい、そうします」

そう答える理子の顔は明るさとすがすがしさに満ちていた。

真哉はサングラスの奥の目を細め、

「良かった」

と呟く。すると、また真哉の意識が遠のいていった。

「それでその後は？」

と秀が聞く。

「うん、アンコちゃんやみんなから『本当は初心者じゃないじゃないだろう』とか『どこのチームに入ってるの？』とかもうすごい騒ぎになっちゃって」

と鈴香は秀に話す。

「それはそうだよね。初めての試合でオーバーヘッドシュートはさすがにやりすぎだよ。それにしてもサッカーとは鈴お姉ちゃんもよく考えたね。鈴お姉ちゃんの能力を十二分に発揮するにはまさにピッタリだよね」

「う、うん、まあね」

　サッカーを始めたきっかけが、流のプレイを見たからだとはさすがに秀にも話せなかった。

「それでね秀君、実はね……」

と鈴香は先日海人から聞いた幼い頃の列車事故の話とその夢の話を秀にした。

「何か、私の能力と関係あるのかなって思って。秀君、どう思う？」

「うーん、どうって言われてもそれだけじゃ何とも言えないよ。他に変わったことないの？」

「他には、そういえば私がこの特別な能力を使ってる時なんだけど、ルールや制限がなんていうか厳しく複雑なほど、違和感っていうか息苦しさみたいなものを感じるの。でもそれとは逆に体は自然に動かせることが出来るの」

「自由じゃない方が器用に動ける……でも、本当は鈴お姉ちゃん自身は自由なことを望んでるからじゃないかな。体と心が反対なのかもしれない。それで窮屈に感じるんじゃないかなぁ」

「どうすればいいと思う？」

「うーん、それは僕にも分からないよ。けどまた何か、実験出来ることないか少し考えてみるよ」

「うん、お願い。こんなこと話せるの秀君だけだから」

「うん、分かった。じゃあ、鈴お姉ちゃん、この間の全国模試の問題見せてね」

「うん」

今日も秀は理子と一緒に鈴香の家に遊びに来ていた。秀による家庭教師の授業の前に先日のサッカーの話になったのだ。


そして夕食の時間になった。

「鈴香、サッカーの方はどうだ？」

と海人が聞く。

「うん、練習は楽しいよ。男子部にも交じって練習してるし」

「えー鈴ちゃん、サッカー始めたんだ。意外だね。鈴ちゃんがサッカーなんてね」

理子は驚いた様子だ。

「理子おばさんはまだ秀君とテニスやってるの？」

「うん、週に一度だけどやってるよ」

「理子ちゃんと秀君はどっちが強いの？」

「チャコお義姉ちゃん、さすがにまだ私の方が上だよ。中学から大学のサークルまで続けてたからね。クルム伊達リコと呼んでね」

「でもお母さんもそろそろ僕に勝つのも際どくなってきたから時間の問題だね」

「お、理子、秀から挑戦状が叩きつけられてるぞ」

「私に挑戦するなんてまだまだ早いわよ」

「何言ってるの、お母さん。練習の次の日になると全身筋肉痛で動けなくなるくせに」

秀の言葉にみんなが笑った。

だが、息子に勝てなくなる日がそう遠くないことを一番感じているのは理子自身だった。そしてそのことを一番喜んでいるのも。

第十一話　THE END OF THE WORLD

「真くん、真くんってば。起きてよ」

理子の呼ぶ声で真哉は目を覚ます。

「う、うん、あれっ？　ここは？」

「何寝ぼけてるのよ」

周りを見渡すとここはさっきの病院の待合室だ。今度は理子にも真哉の姿も見えて、話も出来るようだった。

「ごめんね、待たせちゃって。赤ちゃんは順調だって」

「赤ちゃん？　さっきのは夢？　いや……」

「もう何言ってるの真くん。さ、帰りましょ」

真哉は狐につままれたような気分だがとりあえず理子と一緒に帰宅した。

「真くん、今日は付き合ってくれてありがとうね。実はね真くん、今はそんなこと全く思っていないんだけど、この子を堕ろそうと思ったことがあるの。そのつもりで病院まで行ったんだけど……」

「あ、それ！　4月14日じゃないですか？」

「えっ？　どうしてそれを知ってるの？　前にもこの話したっけ？　いや、してないよ」

「あっ、いや、それで？」

「うん、それでね、中絶の受付を済まして待合室で待ってたの。その時に急にお腹が熱く感じて、まるでお腹の子が『自分はここにいるよ。生きてるよ』って言ってるような気がしてね。それでやっぱり産むことに決めたの」

　真哉は、今日起きた出来事をもう一度思い返す。

　理子の子供が眠る墓地へと行き、そこで不思議な光を見て手を触れると、理子が子供を堕ろそうとした過去の4月14日にさかのぼった。理子のお腹に自分の右手の光を移し、目が覚めると理子と一緒に病院にいた。理子のお腹の子供は無事だ。

　信じられないが真哉の魂だけタイムリープし、過去を変えてきたかのように思える。

　以前自分で自分の子供を殺したと言って泣いていた理子の姿を思い出し、今はその呪縛から解放され、お腹の子の成長を喜んでいる姿を見ると真哉の胸にも何か熱いものが込み上げてきた。

「とにかく今は順調なのは良かったですね。男の子ですか？　女の子ですか？」

「フフフ、もうちょっと大きくならないとまだ分からないわよ」

「じゃあ、どっちがいいですか？」

「うーん、どっちでも良いかな。元気で丈夫な子だったら良いな」

「そうですか。理子さんの子、僕も楽しみにしています」

「ありがと」

何故、真哉と理子の身にこんなことが起きたのかは分からないが真哉にとっては不思議な一日が終わった。


数日後の夕方、真哉は理子にバイトだと言って家を出た。

駅のコインロッカーから荷物を取り出し、向かったのは先日も訪れたクラブ。

早速店員の愛川が真哉の姿を見つけ声をかけてくる。

「太田ちゃ～ん、久しぶり～。今日の物は～？」

「あぁ、良いのが入ったよ。1キロある。いつもの値段で」

「良～し、買った！　いつものように振り込んでおくよ～」

「DJのエルは？」

「最近見ないの～。どうしたのか心配してるけど～。会ったらよろしく伝えとくよ～」

「ありがとう。じゃまた仕入れたら連絡する」

「またね～」

店を出て煙草に火を付け、フゥーとため息をつく。なぜこんな商売に手を出したのか今更後悔しても遅いが、そのうちあの仲間たちのように自分も捕まる日が来るかもしれない。だが、やめようとは思わない。

覚せい剤の売人。
今の自分にはぴったりの日陰者の仕事だと思うのだった。

第十二話　フリーダム

「ねぇ、鈴、最近麻池君と仲良いんじゃない？」

と美由が聞いてくる。

「そ、そんなことないよ。部活で練習が一緒だったりするから」

と鈴香は慌てる。

　２人が話しているところにちょうど噂の張本人の流がやってきた。

「鳥ちゃん、また英語のノート見してくんない？　予習してくるの忘れちゃって」

「う、うん、良いよ。はい」

　鈴香は秀のおかげでバッチリ予習してあるノートを流に渡す。

「サンキュ。じゃ即行で写すわ。今日も部活来るでしょ？」

「うん」

「じゃあまた練習付き合って。今日こそは鳥ちゃんを抜いてみせるよ」

　流の背中を見送り、美由が口を開く。

「これで仲良くないなんて、よく言えるねー。告白はしたの？」

「こ、告白なんてする訳ないじゃん、ホント部活の……」

という言葉をさえぎり、美由が話す。

「もう言い訳は良いから。麻池君のファンの子たちにも目つけられてるよ」

「えー！　なんでそうなるのー！　まだ全然そんなんじゃないって言ってるのに」

「まだ？　ふーん、『まだ』、ね。じゃあ、いつかは、ってことでしょ」

しまったと鈴香は焦ったがもうすでに時は遅し。美由に話す。

「そんな好きってわけじゃないけど、気になってるの。私、今まで誰かを好きになったことないから良く分かんないけど、これが好きってことの始まりなのかな。ミュウは桃井君のことどんなふうに好きになったの？」

「えっ？　私？　私も最初はそんな感じでちょっと気になってて、何かしてるのを目で追うようになったり、ちょっと話をするだけでうれしかったりして、そんな感じ。どう？　鈴は？」

「私？　私も同じかも……」

「ほら、やっぱり鈴も麻池君のことＬＯＶＥなのよ。そっかー、奥手の鈴にもついに好きな人が出来たのね。部活が一緒っていうのはポイント高いから頑張ってね」

「もう、話が早すぎるよ、ミュウは」

「そんなことないよ。付き合うってこと考えたら」

「付き合うって、まだ告白もしてないのに？」

「そうね、後は告白するタイミングね。もしその時にはちゃんと教えてね。協力するから」

「だからまだそんなの早すぎだって」

「あっ、麻池君来た」

「鳥ちゃん、ホントサンキュ。はい、ノート」

流は写し終わったノートを持ってきた。

「いつもキレイなノートだし、予習もバッチリだよね。今度勉強も教えてよ。俺サッカー以外全然ダメだから」

「あ、う、うん、いいよ」

「じゃあよろしくね」

流が自分の席に戻っていく。

「鈴、超ポイントゲットじゃん」

「何それー」

「このままイケば麻池君と付き合えるかもよ」

「待って、そんなことまだ分かんないって。他に好きな人いるかもしれないし」

「もうホント鈴は弱気だなー。私だったらコクっちゃってるよ」

「ミュウは人のことじゃなくて桃井君のこと考えなよ、もう」

ここで授業開始のチャイムが鳴った。

真哉がクラブから帰ると目つきの鋭い男がマンションの入り口で待っていた。

「太田真哉さん、ですね？」

後ろを振り返るとスキンヘッドの男も真哉をにらみ立っていた。

家の前で張られていたということは逃げても無駄だ。目つきの鋭い男がゆっくりとこちらに近づいてくる。

「太田さん、少しだけお話をよろしいですか？」

口調は穏やかだがこちらが断ることを許さないような凄味がある。

「安心して下さい。警察ではありません。それとお部屋にいる女性の方にも一切、手を出していませんから」

警察ではないと聞いて余計に不安になる。家だけでなく理子についてまで調べていることも不安になった。

「さぁ、車へ乗れ」

スキンヘッドの男の言うとおり、傍に停めてあった車に乗り込む。15分程走り車はビルの建設現場に入っていく。

「車から降りろ！」

スキンヘッドの男が強い口調で言い、真哉は言われるがままに車を降りる。

「太田さん、私たちは太田さんが行っている商売についてどうのこうのいうつもりはありません。ただ、太田さんに聞きたいことがあるんです」

やはり一言一言に凄味があった。

「実はですね、先日ある結婚式が行われたんです。新郎新婦ともにお似合いの2人だったのですが、何故かその結婚が破談になってしまったんです。私たちはその理由を調べているんです」

目つきの鋭い男がゆっくりと話す。

「誰に頼まれたんだ？」

とスキンヘッドの男が怒鳴りつける。

松下の結婚が破談になったからと言って、こんな男たちが動くのは不思議だと真哉は思った。

「この場所は御覧のように建設中ですが、実は建設が無期限で延期になっているんです。ここの建設を請け負っているのがあなたもご存じの会社です。何故こんなことになってしまったのか、それを私たちは調べているんです。太田さん、教えて頂けませんか？」

そこで真哉はやっと気が付いた。この男が話しているのは松下の結婚ではなく神谷商事と王子建設の合併の話なのだ。おそらくこの2人は神谷商事の総会屋に通じている者たちだ。真哉が誰かに頼まれて結婚式を妨害し、結果2社の合併を阻止したと思い込んでいるのだ。勘違いだがそう言って引き下がる連中ではないだろう。

「太田さん。あなたが薬《ヤク》の売買をやっていることから、その線で色々調べたんですが、あなたの後ろに誰がいるのか全く出てこない。なので、仕方なくこうして直接お聞きしているんです」

真哉は何と答えればいいか全く分からず、サングラスの中で目を泳がせながらただうつむいて立っていた。

するとスキンヘッドの男が真哉の胸倉をつかみ、顔を殴りつける。地面に倒れこんだ真哉をさらに蹴り上げる。痛みに苦しむ真哉を２人が蹴る。真哉は頭を抱えてうずくまる。２人は蹴るのを止めようとはしない。

真哉が話すまでこのリンチは止まらないだろう。だが真哉には話すことが何もない。

「太田さん、いい加減に話したらどうですか？」

と目つきの鋭い男が胸から拳銃を取り出した。

「本当はこんな物使いたくはなかったんですがね。太田さん、意地を張るのをもうやめて下さい」

男は真哉の頭に拳銃を突きつける。

死。

真哉は死を強烈に感じた。胸の奥から恐怖が全身を襲ってくる。体が震えてくる。自分はここで死ぬのだ。

「太田さん、それほど怖いのだったら、もう話したらどうですか？　あなたから話が聞けなければ、彼女、鳥井さんと言いましたかね。彼女からお話を聞くことになるんですよ」

急に理子の話が出て真哉は驚く。

そうだ、自分の次に標的にされるのは理子なのだ。理子を守らなくては、と真哉はフラフラと立ち上がり、銃を持った男に跳びかかる。そして男の首にガブリと噛みついた。

「テメー何しやがる！」

「パァーン」と銃声が響く。

弾は真哉の腹を撃ち抜いた。

「むぐう」

腹を貫く痛みで真哉は思わず噛みついた歯にさらに力を入れる。ブチンと肉がちぎれる音がして、男の首の肉が真哉に噛みちぎられた。

「うわぁ」

と男は首を押さえながら、叫び声をあげる。

真哉は噛みちぎった肉片をペッと吐き出す。口の中に血の味が広がる。

男は真哉へと銃を撃ちまくるが、首の痛みで動転している状態で弾が当たるほど拳銃は簡単なものではない。銃弾は1発も真哉に当たることなく弾切れとなった。

真哉は腹の痛みに耐えながら、男に向かってやっとの思いで言葉を発する。

「首の頸動脈を噛み切った。早く止血しないと死ぬことになるぞ」

言われた男が後ずさる。

「くそ、血が止まらねぇ。急げ、病院だ！」

2人の男はもう真哉のことなど気にもしないで急いで車に乗り込み去って行った。

真哉はポケットからスマホを取り出し電話を掛ける。

「もしもし？　真くん？　バイト終わったの？」

あの男たちの言ったとおり理子は無事だった。

「理子さん、良かった」

真哉の意識が朦朧としてくる。

「もしもし、何？　どうしたの？　真くん？」

理子の無事を確認した真哉は失いかけた意識の中で、

「理子さん、すみません、救急車を。場所は王子建設の……」

理子に救急車を頼み、そこで気を失った。

第十三話　フリーダム

秀がバッグから取り出したのは、何本ものロープにガムテープ、タオル、アイマスクや耳栓もあった。

「一体何を？」

鈴香が不安げに聞く。

「うん、ちょっと考えたんだけど」

と秀が答える。

「鈴お姉ちゃんの能力で、どんなことが出来るのかを調べようと思ってね」

「それでこれを使うの？」

と、鈴香はロープを手に取る。

「うん、鈴お姉ちゃんは自由を制限された時に、特別な能力を発動出来るみたいだからね」

「なるほど、じゃあこれで私を縛るってことね。なんか怪しいプレイみたいだね」

と、自分で言って照れている。

秀は聞こえなかったふりをして準備に取り掛かる。

「じゃあ鈴お姉ちゃん、準備は良い？」

「う、うん」

秀は鈴香の体をロープで縛り、動きが取れないようにしていく。

「何が出来るのかなぁ」

「うーん、分からないけど、とんでもないことが出来るかしれないよ」

「例えば？」

「例えば、空中浮遊とか」

「えっ！　空を飛べるようになるの？」

「いや鈴お姉ちゃん、例えばだよ」

秀は話しながら鈴香の足を縛る。

「鈴お姉ちゃん、痛くない？」

「大丈夫」

手も縛り、耳栓をしてアイマスクもして、最後にタオルで口を縛る。

これで、鈴香は何も出来なくなった。

秀が鈴香の様子を見ていると、鈴香の姿がなんとなく薄くなったように思う。いや、実際に体が消えかかっている。

「鈴お姉ちゃん！」

と、鈴香の手を取るとその瞬間、誰かが部屋に入ってきたようだ。秀がドアの方を見ようとした瞬間光に包まれて何も見えなくなった。


一瞬後、秀が目を開けると、そこは鈴香の家の近所の公園だった。

秀は急いで鈴香の拘束を解く。

「秀君、ここは？　何？　何が起こったの？」

鈴香はあたりを見回す。

「鈴お姉ちゃん、ここ近所の公園みたいだけど……」

「なんで？　私たち部屋にいたじゃない」

「瞬間移動かもしれない」

「しゅんかんいどう？」

「でもなんで、この公園に来たんだろう？」

「あっ、それは私が」

鈴香が何かを思い出したようだ。

「さっき、部屋で空を飛べるって話したじゃない？　その時にあんまり遠くにまで飛んで行ったら帰ってくるの大変だなって思って、それで近くのこの公園が思い浮かんだの。だからこの公園に来たんだと思う。でもホントにこんなことが出来るなんて……」

鈴香と秀は、未だに信じられなかったが、とにかく家に帰ることにした。

「ただいまー」

「あら、２人とも部屋にいたんじゃなかったの？」

と雅子が不思議そうに玄関の２人を見る。

「あ、あれ？　さっき出て行ったの気づかなかった？　ちょっとジュース買いに」

鈴香が慌てて答える。

「そうだったの。気づかなかったわ。ん？　２人とも靴履いてないじゃない。何やってるのよ」

２人は急いで靴下を脱いで、家に上がり部屋へと向かっていく。

「まったく……」

と雅子があきれたような顔をするが、今の２人はそれどころではない。

鈴香が、部屋のドアを開けると、部屋の中には全身を縛られた鈴香とこちらを振り返ろうとしている秀が居たが、その２人は瞬く間に光に包まれて消えていった。

残された方の鈴香と秀は言葉を無くしてしばらく部屋の入り口に立ったままだったが、秀は思い出したかのように自分の腕時計を見て、部屋にある時計も見る。

「15分進んでる」

「えっ？　なに？」

「鈴お姉ちゃん、僕の腕時計が15分進んでいるの。鈴お姉ちゃんのは？」

鈴香は自分の腕時計と部屋の時計を交互に見る。

「私の腕時計も15分進んでる。どういうこと？」

「瞬間移動だけじゃなかったんだよ、鈴お姉ちゃん」

秀は今部屋で見た鈴香と自分が消えたことと、時計がずれていたことをもう一度考え整理してみる。

「タイムリープだよ。僕らは15分前の公園にタイムリープしたんだよ」

「時間を跳び越えたってこと？」

「そうだよ。これで鈴お姉ちゃんの本当の能力がはっきりしたね」

「まさか、そんなことが出来るなんて……」

鈴香はいまだに信じられないといった感じだが、自分の本当の能力を受け入れるには1つの疑問が残る。

「自由を奪われるとタイムリープが出来るようになるのは分かったけど、なんでそんなことが？」

「僕にも分からないけど、やっぱり鈴お姉ちゃんの夢も関係しているのかもしれないね」

鈴香はあの青年に助けられなかったら、もうこの世には居なかったのだ。

命を助けてくれた青年のことをもう一度思い返してみる。

「あの事故のことをもう少し詳しくお父さんにも聞いてみるよ」

「うん、そしたら教えてね」

鈴香の頭には、あの青年の悲しく優しい目がまた頭に浮かんできた。

真哉が目を覚まし、辺りを見回すと、見知らぬところに眠っていたようだ。

隣には理子がいた。

「理子さん？」

「真くん！　目が覚めたの？　大丈夫？」

「理子さん、ここは？」

「病院よ。良かった、目が覚めて。まだ傷口は痛む？」

「えぇ少し。僕はどれくらい寝てたんですか？」

「丸1日よ。傷はそれほど深刻ではなかったって先生の話。でも、拳銃で撃たれたなんていったい何があったの？」

真哉は本当のことを理子には話さなかった。

「強盗です。銃で脅されて、金を出せと。それを拒んだら撃たれたんです」

理子に余計な気を遣わせないために嘘をつく。

「そうだったの……。でもホント命に別状なくて良かった」

と言って理子はベッドに備え付けてあるナースコールのボタンを押した。

すぐに主治医と看護師がやって来て、真哉の傷口の様子を診た。

「太田さん、幸いにも拳銃の弾は太田さんのお腹を貫通していました。内臓にも傷はないので、まだしばらく痛みはあるでしょうが2週間ほどで退院できますよ。それにしても運が良かったですね」


それから警察がやって来て、どんな状況だったのか詳しく聞かれたが、強盗の顔も覚えていない、結局お金は取られていないと嘘をつき警察の取り調べも何とか乗り切った。


「理子さん、本当に心配かけてごめんなさい」

「良いのよ、無事だったんだから。それに真くんが謝ることはないよ。でも真くんから電話があったときは本当にびっくりしたんだから。犯人見つかると良いね……。じゃあ私は家に行って着替えとか持ってくるから」

「あっ、理子さん、あの事件以来何か変わったことありましたか？」

「変わったことって？　何？」

「いや、強盗に免許証見られて自分の住所を知られてしまったかもしれないので、理子さんにも危害が加えられるんじゃないかとそれが心配で」

「そうなの？　全然何にも変わったことないよ」

「そうですか、良かった。それでは少し眠ります。おやすみなさい」

「うん、ゆっくり休んでね。また来るから」

と言って、理子はいったん家に帰っていった。

残された真哉は、まだ痛む傷口を気にしながらも、あの総会屋の手下たちがまた来るかもしれないと不安になった。だが総会屋も警察沙汰になったので動くのをあきらめたかもしれない。

理子にだけは危害が及ばないことを願うだけだった。


2週間の入院生活もあっという間に過ぎて行ったが、真哉は何かを1人で考え込んでいるようだった。理子も口には出さないがそんな真哉を心配していた。


「真くん、退院したら何したい？」

「いや、別に何も考えていないです。あ、たばこ吸いたいです」

「何それー。もっと何か食べたいものとか、行きたいところとかないの？」

「うーん、あっ、海が見たいです。ここ何年も海なんて見てないですから」

「あー私も！　海見たーい。じゃあ一緒に海に行こう」

「はい、潮風に当たってのんびりしたいです」

そこへ医師が診察にやって来た。

「太田さん、順調に治っていますよ。これなら明日にも退院は出来ますね」

「そうですか。先生、ありがとうございました」

「いえいえ。でも、無理は禁物ですよ。せっかくふさがった傷口もまた開いてしまう可能性もありますから、しばらくは自宅で休養なさって下さい」

「分かりました」

「真くん、退院出来て良かったね」

理子も喜ぶ。

こうして真哉は退院することになった。

第十四話

足、肩、頭、また足、とボールを地面に落とさずに器用にリフティングする。

そして、鈴香はそのまま杏子の方へとボールをパスする。ボールを受け取った杏子も同じようにリフティングする。今日も男子部員と合同練習だ。その前にリフティングでウォーミングアップする。

流がそんな2人に近づき話しかける。

「2人とも相変わらず上手いね。男子だったら即レギュラーになれるくらいの実力だよ。もったいない。そういえばアンコってどうしてこの高校に入ったの？　女子サッカー部がある高校だっていくらでもあるのに」

流が不思議そうに聞く。

「うん、良く調べなかったの。男子が強豪チームだから女子サッカーも盛んだと思って、この高校にしちゃったの。ホントに失敗だった」

杏子が残念そうにいう。

「でも、その強豪の男子と一緒に練習できるようになったから今は後悔してないよ。高校出たら、なでしこ目指してどこかの実業団に入るつもり」

「そうなんだ。鳥ちゃんは？　高校出てもサッカーするの？」

急に話を振られて鈴香は慌てる。進路のことなんか1つも考えてなかった。

「鳥ちゃんほどの実力なら実業団でも良いし、女子サッカーの強い大学に入るのもいいかもしれないよ」

「えっ、うーん、そこまで考えてなかった。とにかく今はサッカー楽しめればそれで満足かな。麻池君は？」

「もちろん、将来はJリーガーでゆくゆくは海外でもプレイしてみたいなぁ」

「2人とも将来のこと考えていて偉いなぁ。私なんか全然考えてないよ」

と鈴香は肩を落とす。進路のことなど、まだまだ先の話だと思っていた。

「まだ1年だしね。そこまで将来のことなんか考えたりしてなくたって大丈夫、大丈夫」

と流がフォローする。

「おーい、アンコちゃーん！」

遠くから杏子を呼ぶ男子サッカー部員の声がする。

「待ってー、今行くー！」

杏子は他の男子たちとパス回しの練習をするようだ。

流と2人きりになった鈴香は一気に緊張する。先日の美由との会話が頭をよぎる。

「鳥ちゃん、じゃあ、俺とパス回しの練習しよう」

「う、うん」

鈴香は顔から火が出るくらい恥ずかしかった。

一方の流はそんなことなど全く気にも留めていないように、パスを回してくる。相変わらずの流れるようなボールさばき、鈴香からのパスを足で受け取り、頭、肩、また足とリフティングして、ボールを鈴香にパスする。鈴香も負けじとリフティングしながら、パスをする。

2人きりの時間。言葉は発していないが、ボールを使って2人の心もパス回しされているかのように感じ鈴香は緊張する。が、この時間が永遠に続けばいいなと鈴香は思った。

「よーし！　全員集合！」

と監督の声がする。

「じゃあ、鳥ちゃんここまでだね」

2人きりの時間が終わってしまったことを残念に思う鈴香だったが、それでも流とのパスの練習は鈴香にとっては貴重な時間だった。


練習後、鈴香は勇気を振り縛って、流の元へと行く。

「今日はお疲れさまでした。あの、またパスの練習してもらってもいいですか？」

鈴香にとっては心臓がはちきれるかと思うくらいドキドキしながらの申し出だった。

「えっ？　うん、もちろんＯＫだよ。鳥ちゃん上手いから、こっちからもお願いだよ」

流はあっさり承諾してくれた。

「ありがとう。じゃあ、また明日」

「あっ、待って、鳥ちゃんちって、確か西ヶ原だったよね。俺んちもそっちの方だから途中まで一緒に帰らない？」

「えっ！　一緒に⁉　あっ、は、はい」

「じゃあ着替えてくるから、鳥ちゃんも着替えてきなよ」

突然の流の申し出に慌てふためいて、鈴香はもう何が何だか分からない。とりあえずジャージから制服に着替えて、流と一緒に歩いて帰ることになった。


「鳥ちゃんって本当に初心者なんでしょ？　体の動き見てたら分かるよ。ボール捌きは俺でも敵わないくらいだけど、動きがどこかぎこちないもんね。なんでサッカー始めようと思ったの？」

さすが流だ。鈴香のことを見て本当の初心者だと分かっているようだ。だが始めた理由は、もちろん流のことをかっこいいと思ったからとも、鈴香に不思議な能力を持ってるからとも話せない。

「うーん、サッカーって見ていて楽しそうだったからかな？」

「他のスポーツは何かやってたんでしょ？」

「ううん、何にも」

「それはないでしょ？　あのオーバーヘッドキックは何かスポーツやってた証拠だよ」

「えーホントに何にも。体育の時間に運動するくらいしかないよ」

「じゃあ、元々素質があったんだね。鳥ちゃんがサッカー部に入ってくれてよかったよ」

「えっ？　どうして？」

「うん、鳥ちゃんが入ることによって男子部のカンフル剤にもなるし、それに……」

「それに？」

「いや、何でもない」

流は口ごもる。少しの沈黙の後。流は口を開く。

「鳥ちゃんって好きな男子いるの？」

突然の質問に鈴香は驚く。

「えっ⁉　い、いや、いないけど……」

もちろん流を好きだなんて鈴香には言えない。

「そっか」

また沈黙。

そして何も話さないまま、２人が分かれる道まで来てしまった。

「じゃあ俺こっちだから、また今度一緒に帰ろ。バイバイ」

と流は去っていく。

その後を鈴香はずっと眺めていた。流の姿が見えなくなるまで。

真哉と理子は海へと来ていた。潮風が心地よい。

「あー気持ちいいね。やっぱり海に来て正解だったわね」

「あの、理子さん」

急に改まった様子で真哉が話かける。

「何？」

「入院中、じっくり考えたんですが、理子さんのお腹の子、僕が父親になってもいいですか？」

「えっ⁉　いきなり⁉　なに？」

「理子さん1人で育てるよりも、2人で育てる方が良いかと思いまして。僕もちゃんとした仕事見つけますから」

突然の思いもよらぬ話に理子はすごく動揺している。

「真くん、それってプロポーズってこと？」

「あぁ、はい、そうなりますね。僕と結婚は嫌ですか？」

「ちょっと待って。まだ頭が付いていかない。私と結婚して、この子の父親になるのよね。真くんは他人の子供を育てることになるのよ？　それでいいの？」

「はい、僕は構わないです。もちろん、子供にはしっかり愛情注いで育てますよ」

「真くんの気持ちは分かった。ありがとう。でもちょっと考えさせて。急には返事できないから」

「はい、返事はいつでもいいですよ。理子さんの中で答えを整理してからで構いません。待ってますから。突然こんなこと言ってしまってすみません」

理子は驚いてはいるが、嬉しそうだった。

「あっ、真くんが入院している間に男の子か女の子かエコー検査で分かったの。どっちだと思う?」

「えっ！　分かったんですか?　うーん、どっちだろう?」

「男の子だったよ」

「そうですか！　男の子じゃ将来が楽しみですね。名前も考えなきゃですね。何か候補はあるんですか?」

「うん、名前は決めてあるの。『秀』って名前」

「秀君、ですか。きっと優秀な子に育ちますよ」

「元気にのびのびと育ってくれればそれで十分。他には何も望まないわ」

潮風が2人に優しく吹き付ける。久しぶりの2人の幸せな時間。

幸せを恐れることしかできなかった真哉は勇気を振り絞って目の前にある幸せを掴もうとして

いる。

助けられなかった鈴香への悔恨の想いが、産まれてくる子供の父親になることを決意させたのかもしれない。


海から帰った真哉と理子は、妊婦用の雑誌を買って2人で見ていた。

「えー、つわりってこんな感じなんだ。ちょっと今から恐いかも」

「理子さん、まだつわりはきていないんですか？」

「うん、まだ。でももうとっくに始まってても遅くはないと思うんだけど……」

「個人差がだいぶあるみたいですね」

「軽ければいいなぁ。あっ、逆子体操だって。こんなのあるんだ」

「えっ？　理子さん、逆子なんですか？」

「ううん、違うけど、もしかしたら逆子になっちゃうかもしれないじゃない。こんな体操もあるのね」

「知らないことだらけですね。子供を産むってすごく神秘的なことですよね」

「うん、生命が生まれるのは幸せなことね。あっ、見つけた！　前に私が言った話憶えてる？」

「なんですか？」

「私がこの家で幸せを見つけるって話。真くんは幸せなんかここには無いって、ここはこの世の果てだって言ってたけど、見つけたよ」

「あぁ、そんな話もしていましたね。まさかこんな形で幸せが訪れるとは思ってもみませんでした」

「私の言ったとおりになったでしょ」

２人はこの幸せが永遠に続くものだと信じたかった。つかの間の夢で終わってしまうことを少し恐れていたが、今は目の前の幸せを素直に受け入れようと思ったのだった。

「ねえ、秀君、これであってる？」

さくらが聞いてくる。

秀はノートを見て、

「うん、あってる！　すごいすごい」

と喜ぶ。

今日は秀がさくらの家に勉強を教えに来ていた。

さくらも父親の孝太郎の影響で数学だけは中学校レベルの問題を解いている。今日取り組んでいるのは一次方程式だ。

「じゃあ次はこの問題ね。さっきのよりちょっと難しいけどさくらちゃんなら解けると思うよ」

と、問題集から次にさくらに解いてもらう問題を選択する。

「うん、がんばる」

とさくらはノートに向かう。

その間、秀は大学入試問題に取り掛かる。

「ただいま。おっ、お客さんか」

玄関から声がする。さくらの父親の孝太郎だ。

「お父さん、おかえりなさい。今日も秀君が勉強教えに来てくれたの」

「おじさん。こんにちは。お邪魔しています」

「おぉ、秀君、こんにちは。そうだ、ちょうど良かった。秀君にプレゼントだ。この問題解いてみるか?」

と持っていたカバンから問題集を取り出した。

予備校の受講生たちに解かせている問題集だ。

「はい、おじさん、やってみます。どんな問題ですか?」

秀はとてもうれしそうだ。

「東皇大の過去問だ。中々手こずるぞ。難易度MAXだ」

と孝太郎は秀を脅すように言った。

早速、秀はその問題に取り掛かる。

カリカリとペンを走らせる秀を見て孝太郎も嬉しそうだった。

「うーん、あれ?」

と秀の手が一瞬止まる。孝太郎はにんまりとする。

「あっ! 違う!」

そしてまたカリカリとノートに計算式を書いていく。

孝太郎もノートをのぞき込むと、どうやら秀はひっかけに気づいたようで、正しい答えを導く計算式を書いていく。

秀はこんな高いレベルの問題も自力で解くことが出来るのかと孝太郎も驚いた。予備校でも正解した受講生の方が圧倒的に少なかったのだ。

「出来た！　おじさん、合ってますか？」

「うん、完璧だ。流石だな、秀君」

孝太郎は満足げだ。

「そうだ、秀君、この問題集は持っていないだろう？　さくらの勉強を見てくれているお礼だ。これを秀君にあげよう」

とカバンから別の問題集を取り出した。

「えっ？　良いんですか？」

「あぁ、もう使わないからな。なかなかの問題が並んでる良い問題集だよ」

「ありがとうございます」

と秀は嬉しそうだった。

「みんなおやつよ、あれ？　あなたいつ帰ってきたの？　おかえりなさい」

とさくらの母親がクッキーと紅茶を持って部屋に入ってきたところで、みんな一時休憩となった。

「秀君、数学以外の他の教科の方はどうだ？　どれくらい進んでいるんだい？」

「はい、お母さんに問題集買ってもらって東皇大の過去問やってます。特に漢文は奥が深くて楽しいです。そういえばおじさんからお母さんに話してもらったって聞いたんですが、英会話スクールにも通うようになりました。週2回ですが自分の英語力がどこまで通用するのか改めて分かりました。本物の英語の発音やリスニングは今まで勉強しようがなかったから」

「おぉ、そうか、通い始めたんだな。それは良かった。そうだ、今度うちの予備校の他の教科の講師からどんな問題集がいいか聞いてくるが、どうだ？」

「えっ、良いんですか？　ぜひともお願いします！」

「分かった。楽しみにしておいてくれ。ところでさくらは数学はどこまで進んだんだ？」

「お父さん、今一次方程式やってるところだよ」

「そうかそうか。家庭教師が優秀だからな。秀君、ありがとう」

「いいえ、僕もさくらちゃんと一緒に勉強できるのは楽しいですから」

と秀は少し照れながら話す。

孝太郎は秀とさくらの仲が特別良いことに気づいたが、別に反対ではなかった。それは単に秀が勉強を出来るだけではなく礼節をわきまえているからでもある。

この年頃の小学生は生意気だったりする子が多い中、秀はそんなことは全くなく、勉強が出来ることを自慢げにひけらかすような態度もとったりしないところが秀の良いところだった。

孝太郎は自分の娘のさくらの将来はもちろんのこと、この天才児、秀の将来もとても楽しみにしているのだった。

第十五話　THE END OF THE WORLD

「ねぇ、真くんこの間の話なんだけど」

「えっ？　何の話ですか？」

「真くんがこの子の父親になるって話」

「あっ！　はい。それで理子さんの中で結論は出ましたか？」

「うん、良く考えてみた。それでね、真くんの言うとおり、真くんにはこの子の父親になって欲しいと思って」

「ホントですか！」

　真哉は心から喜んだ。

「真くん、もう一度確認するけど、この子の父親になって育てるって責任を負うことになるのよ。覚悟は出来てる？」

　暫らくの沈黙のあと、真哉はゆっくりと口を開いた。

「覚悟は出来ています。僕もこれで今日から父親です」

「そう、信じて良いのね？」

「もちろんですとも。さぁ、これからが大変になりますね。僕もちゃんとした仕事見つけます」

「でも、真くん右手が……」

「手の１本や２本動かなくたって出来る仕事はありますよ。子供が産まれれば、また環境も変わって動くようになるかもしれませんから」

「じゃあ正式に、結婚しましょ」

と言って、理子は顔を真哉に近づけながら目を閉じる。

そして真哉は理子にキスをする。

理子はバッグから婚姻届けを取り出した。

「えっ？　もう準備してたんですか？」

「フフフ。気が早い？」

「いえ、僕は嬉しいですが」

２人は幸せそうに婚姻届けに記入していった。


夕方になり、真哉は出かける準備をしていた。

「理子さん、ちょっと友達のところに行ってきます。帰りは何時になるか分かりません。もし遅くなったら体にも良くないので、先に寝ていて下さい」

「うん、分かった。待ってるね」

「連絡だけはいつでもとれるようにしておきますので、何かあればすぐに電話下さい」

真哉はそう言うと出かけて行った。


真哉の行先はいつものクラブだった。

「あれ～、太田ちゃ～ん、珍しいじゃな～い。どうしたの～」

愛川が迎える。

「昨日ちょうどエルも来ていたから昨日来れば良かったのに～」

「ちょっと重要な話があるんだが……」

「何？　どうかしたの？」

真哉の神妙な面持ちに愛川も真面目な表情になる。

そして真哉は小声で、

「どこか静かなところで話がしたい」

と言う。

「分かった、じゃあ奥で」

愛川は真哉を奥の部屋へと案内する。

「愛川、実は足を洗いたい」

「何？　売買から足を洗うってことか？」

と、愛川の口調が一変する。

「そうだ」

「俺は構わないが、組の連中がなんて言うか……」

「愛川の力で何とかならないか？」

「俺から話をするのは簡単だが、急に一体何故？　ん？　女でも出来たのか？」

さすが愛川は鋭い。

「結婚することになった。もうカタギの仕事に戻るつもりだ」

「そうか、分かった。連中には俺から話す。だがどうなるか保証は出来ないぞ」

「すまない。だがなるべく穏便に話をつけてほしい」

「穏便に済むかどうかは向こう次第だ。まぁ、単なる仲介人だったお前が抜けようとも向こうは気にしない可能性もあるがな」

「そうだと嬉しいが。とにかくこれ以上はもう一切関わらないつもりだ」

「分かった。本気なんだな。正直言うがお前からいつかはこんな話が出るんじゃないかと思ってた」

「愛川にも世話になったな。もうこれで会うことはないだろう。寂しくなるがね。最後にエルにも会いたかったが……」

「まぁ、事情が事情だからな。ん、言うのを忘れてたが結婚おめでとう」

「ん？　ありがとう」

「子供も出来たんだな？」

「えっ？　何故分かる？」

「ふふふ、この愛川様を見くびらない方が良いよ～」

「ハハハ、何でもお見通しってわけか。とにかく色々面倒掛けるがすまない」

「良いの～。気にしないで～。今までこっちもお世話になったんだから～。太田ちゃ～ん、幸せにね～」

「ありがとう、エルにもよろしく言っといてくれ」

真哉はクラブを後にした。

これで日陰者の生活から抜け出せる。理子と産まれてくる子供との幸せな生活が待っている。

真哉はすがすがしい気持ちになった。

フリーダム　第十六話

「鳥ちゃん、今日も練習終わったら、一緒に帰らない？」

突然、流に話しかけられ、鈴香は驚く。

「う、うん、分かった。い、一緒に帰ろ」

しどろもどろになりながら、鈴香は答える。

そして、今日も男子サッカー部との合同練習が始まった。


「鈴ちゃん、パス！」

「うん！」

鈴香は杏子にパスを回す。ボールは一直線に杏子の方へと向かう。そして杏子は数メートル走ったところで、また鈴香にパスを回す。

2人はパスを回しあいながら前へと進んでいく。素早いパス回しに男子部員たちはボールを奪えずにいた。

そこに流がボールを奪いにやってくる。

鈴香と一対一だ。鈴香はボールを流に取られまいとボールを空高く上に蹴り上げ、前に走り、そしてボールを頭で受け止める。

結局、流は今日も鈴香からボールを奪えずにいた。

「鳥ちゃん、少しは手加減してよー」

前を走る鈴香を追いながら、流は悔しそうに鈴香に声をかける。

鈴香はそのままゴールへと一直線に走り、左サイドを走る杏子にパスをする。ボールを受け取った杏子は、ボールを取ろうとする男子をかわしながら、ゴール前にいる鈴香にパス。ボールを受け取った鈴香はキック。ゴールキーパーも反応出来ないくらいキレのあるシュートを放ち、見事にゴール。

「やった！　鈴ちゃんナイスシュート！」

「アンコちゃんもナイスアシスト！」

鈴香は杏子とハイタッチをした。

「おい、お前ら！　女子に負けてどうする！　そんなんじゃ全国では通用しないぞ！　フィールド全体をもっとよく見て、自分の役割を考えろ！」

と、監督が怒鳴る。男子たちはみな悔しそうだ。

こうして鈴香と杏子は男子にも負けず劣らずの練習に励むのだった。

監督が２人に、

「お前たちが男子だったらなぁ」

とつぶやいた。

練習も終わり制服に着替えなおした鈴香は、流の待つ校門へと向かった。

「麻池君、おまたせ」

「じゃあ鳥ちゃん、帰ろ」

鈴香は緊張しながら流の隣を歩く。

どこか、流も緊張した様子だった。

暫らくの沈黙の後、流は意を決したように鈴香に話す。

「鳥ちゃん」

「なに？　麻池君」

「鳥ちゃん、前からずっと言おうと思ってたんだけど、俺、鳥ちゃんのこと好きだったんだ……もしよければ俺と付き合ってくれないか？」

「えっ！！！」

流からの突然の告白に頭が付いていかないが、鈴香は答える。

「わ、私も！　私もずっと麻池君のこと、好きだったの！」

「本当に？　じゃあお付き合いしてくれる？」

「う、うん」

「やった！」

流はまるでシュートが決まった時のようにガッツポーズをとる。

「鳥ちゃん、これからよろしくお願いします」

「はい、よろしくお願いします」

こうして2人は付き合うことになった。


翌日、鈴香は美由に話しかける。

「ミュウ、話があるんだけど……」

「なに？　鈴。麻池君のこと？」

「うん。実は付き合うことになった」

「えーーーー！　告白したの？」

「ううん、麻池君から告白されたの」

「そっか！　良かったじゃない！　キスはもうした？」

「なっ！　そんなのまだに決まってるじゃない。でも付き合うってどんなことすればいいのか分からなくて」

「そんなの映画見に行ったり、一緒に買い物出かけたりすればいいんだよ。あっ、公園で2人でサッカーデートもいいかもね」

鈴香は流とのデートを想像しながら、

「うん、そっかー。でも２人きりだとまだ緊張しちゃって」

と少し不安がった。

「そんなの慣れてくるよ。そうかそうか奥手の鈴にも彼氏が出来るなんてね。本当に良かった！

私も桃井君に告白しようかな？」

「ミユウ、今度は私が応援するよ。頑張って！」

「うん！　告白してみる。鈴、協力してね」

「もちろん、上手く付き合えるようになると良いね」

まるで自分のことのように鈴香のことを喜んでくれた美由を、今度は鈴香が応援しようと思うのだった。

THE END OF THE WORLD 第十六話

「理子さん、買い物に行きませんか？」

「えっ？　どこに？」

「ベビー服を買いに」

「えっ！　もう買うの？　真くん気が早すぎだよ」

「そうですか？　でも早く用意しなきゃ。産まれてからでは遅いですよ」

「そうね。じゃあ一緒に見に行きましょ」

2人はベビー用品店へと向かった。


「こんなに種類があるんですね」

「服もそうだけど、哺乳瓶とかも欲しいわね」

「そうですね。他におもちゃも買わないと。あっ、この服なんかどうです？」

「それはまだ大きすぎるよ。最初は新生児用のじゃないと」

「そうですか。あっ、あっちの棚が新生児用ですね」

「キャー可愛い！　こんなに小さい服なんだね。これなんてどうだろう。ねっ、良いと思わない？」

理子が服を手に取る。

その小さな服は確かに可愛い。その服を着る秀の姿を想像して真哉も微笑む。

「でもお高いんでしょう」

と、理子はテレビショッピングの真似をするがテレビを見ない真哉にはそれが通じない。

「ん？　それほど高くないですよ」

理子がタグを見るとそれは有名ブランドの服だった。

「高いじゃない。真くん、ダメよ。こんなぜいたく品は」

「えっ？　良いじゃないですか。かわいい秀君の為には良い物買わないと。僕がお金出しますから。これにしましょう。他にも色々見てみましょう」

2人は店内をくまなく見て回った。そして、めぼしい物をありったけ買い漁って家に帰った。

「それにしてもたくさん買ったわね。ねぇ、真くん、お金こんなに使っちゃって大丈夫なの？」

「貯金がありますから、しばらくは大丈夫です。でも、このまま貯金を切り崩していく生活はいつまでも続けられないですからね。早く仕事見つけますよ。安心してください」

と、真哉は先日コンビニから持ち帰ったフリーペーパーの求人誌を理子にも見せた。

「ハローワークにも通おうと思っています」

「真くん、前はどんな仕事していたの？」

さすがに覚せい剤の売人だったとは言えない。

「まぁ、色々ですが、メインでやってたのはＩＴ系、システムエンジニアですね」

確かに真哉は以前ＩＴ企業に勤めていたことはある。これは嘘ではない。

「経験もあるので探せばすぐに見つかると思いますよ」

「そう、早く決まるといいわね」

「秀君の為にも頑張らないと」

真哉は理子と生まれてくる秀の幸せを自分が守っていかなければ、その為に早く仕事を見つけ理子を安心させなければと思うのだった。

「でも真くん、病気のこともあるでしょ。あんまり無理はしないでね。私も少しは貯金あるから」

「それが理子さんと暮らすようになってから、調子もだいぶ良くなってきているんです。飲んでる薬も減りましたし……」

「そうなの？　そういえば最近あんまり薬飲んでいないわね」

「はい、理子さんとお腹の秀君のおかげです」

「そんなことないよ。真くんが頑張った証拠だよ」

「秀君が産まれるころには多分薬もきっぱりやめられると思いますよ」

「２人で頑張っていきましょ」

「はい、秀君を幸せにしていくのが僕らの役目ですからね」

２人は産まれてくる秀との生活を夢見て、微笑みあった。

鈴香は、また秀に勉強を教えてもらっているが、どこか心ここにあらずといった感じだ。

「鈴お姉ちゃん、どうかしたの？　さっきからちょっと変だよ？」

「秀君。私を助けるために死んでしまった人を何とか助けることできないかな？　私の能力を使って」

秀はほんの一瞬考える。

「そうか！　その事故の起こる前にタイムリープすれば確かに助けることが出来るね。それには事故のあった日時が分からなければならないけど。鈴お姉ちゃん、調べられる？」

「うん、お父さんとお母さんに聞いてみる」


その晩、鈴香は思い切って海人と雅子に聞いてみる。

「ねぇ、お父さん、お母さん」

「どうしたの、改まって？」

雅子が不思議そうに聞く。

「私が電車に轢かれそうになったのっていつ？　私が何歳の頃？」

海人と雅子は顔を見合わせ、

「なんでそんなこと知りたいんだ？　知ってどうする？」

「うーんと、自分の身に起こったことだからちゃんと知っておきたいの。助けてくれた人にお礼もしなきゃならないし」

「そうか……。じゃあ今度の日曜日、お墓参りに行ってみるか」

「うん、そうする！」


日曜日、鈴香と海人は真哉のお墓参りに向かった。

「『太田真哉』さん、っていうのね。私を助けてくれた人」

鈴香は墓石に刻まれている日付を確認する。

「平成X年4月14日、この日に事故があったのね」

「そうだ、鈴香はまだ3歳だったんだよ。もう12年以上も前になるのか」

2人は線香をあげ、お墓に向かって手を合わせる。

鈴香は拝みながら「私が助けてみせるから」と心に誓った。


帰ってきた鈴香は早速、秀に電話をする。

「もしもし、秀君？　事故のあった日が分かったよ。平成X年4月14日だよ。それと名前も分かったの『太田真哉』さんって名前。でも時間ははっきり分からないの」

「鈴お姉ちゃん、それだけ分かれば十分だよ。図書館に行けば当時の新聞記事が残ってるはずだよ。死亡事故なら新聞に載ってるはずだから、今から図書館に一緒に行こう」

さすが秀だ。機転が早く良く利く。２人は早速図書館で待ち合わせをすることにした。


図書館に着いた２人は当時の新聞を片っ端から探し始めた。

「あった！　この記事！　これそうじゃない？」

と鈴香が見つけた。

線路に転落した少女を助けようとして男性が死亡したという記事だ。死亡した男性の名前『太田真哉』という名前も日付けも合っている。駅は鈴香の家から一番近い駅だ。幸いにも事故のあった時間も載っていた。

「これで知りたいことはすべて分かったね」

「うん、あとは鈴お姉ちゃんの能力で、この日のこの場所にタイムリープ出来ればいいだけだよ」

鈴香と秀は一旦別れ、鈴香は先に家に戻り、秀はロープやアイマスクなどを用意して、鈴香の家へと向かった。

「鈴お姉ちゃん、お待たせ。準備してきたよ。今度は靴を忘れないようにしないとね」

この間は靴がなくて雅子に怒られたのを秀は忘れてはいなかった。

「じゃあ、鈴お姉ちゃん、準備はいい？」

「うん、秀君。きっとうまくいくよね？」

と鈴香は心配そうに聞く。

「大丈夫。２人で協力して『太田真哉』さんを助けよう」

秀は鈴香の体をロープで縛りながら時計を見る。ちょうど18時だ。

そして、鈴香が自由に動けなくなったのを確認してから、鈴香の腕を掴んだ。鈴香の体が、透けるように薄くなり光に包まれた。

エピローグ　THE END OF THE WORLD

駅のホームに立つ自分。後ろでは海人と雅子と鈴香が楽しげに会話をしている。ホームに電車が通過するアナウンスが流れる。

唐突に線路に飛び出す小さな鈴香。その鈴香の腕を掴み思い切り引っ張るが、間に合わずに鈴香は電車につぶされていく。

そして鈴香のちぎれた腕を掴んでいる自分の右手……。

またこの夢だ。

真哉はこの夢を見たということは、今日は鈴香の月命日なのだと思い出す。

時計を見るとまた午前3時。フラフラと洗面所に向かい顔を洗う。

隣で寝ていたはずの理子も目を覚ましたようだ。

「真くん、目が覚めちゃったの？」

「はい、ちょっと夢を見ちゃいまして」

「どんな夢？」

「鈴香ちゃんが亡くなった時の夢です。毎月、月命日には必ず見るんです」

「そうなの……。でも、真くんが悪いわけじゃないよ。お兄ちゃんも言ってたとおり、真くんは自分の危険を顧みず鈴ちゃんを助けようとしたんだから」

「あの時、僕は鈴香ちゃんの腕を引っ張ったけど、引っ張るんじゃなくて、逆に前へ押し出せば、電車の向こう側の線路に落ちて鈴香ちゃんは無事だったのかもしれない。そう思うんです。僕のせいで鈴香ちゃんは死んだんです」

「そんな自分を責めないで。真くんは悪くない。たまたま運が悪かっただけ。鈴ちゃんの分まで幸せに生きていくことが真くんの使命だよ」

と理子は言うが真哉は聞く耳を持たない。

「今日は鈴香ちゃんの家には行かないでお墓参りしようと思うんです」

先日、雅子が取り乱して泣き出したことを理子は思い出す。

「そうね、じゃあ、私も行くね」

「はい、一緒に行きましょう」

２人は朝を待ってからお墓参りに出かけることにした。

理子と一緒に鈴香のお墓に着いた真哉は驚く。この間、理子の子供のお墓に行った時と同じように鈴香の墓石が白く光っているのだ。自分の右手が暖かく感じ、右手を見るとやはり白く光っている。あの時と全く同じ。

手腕や足を失ったにもかかわらず、手足が存在するように感じられ、痛みを感じることを幻肢痛と言う。脳の機能が関係していると言われている不思議な現象だ。真哉の右腕に時折、感じる感覚は、一種の贖罪の思いからくるものなのだろうか……。

「真くん、どうしたの？」

理子の問いかけに返事も出来ず、またこの間と同じように墓石へと右手を伸ばす。

墓石の光が集まって1つの光の玉となって真哉の方へ近づいてくる。その光を右手で掴んだ瞬間、また真哉の意識が一瞬遠のいた。

秀は鈴香を縛っているロープを急いでほどきながら自分たちがどこにいるのかを確認する。どうやら駅のトイレの個室のようだ。

「鈴お姉ちゃん！　ここはトイレだよ！　早く！」

「うん、急ごう！」

トイレから出た２人は急いでホームへと続く階段を上る。

「鈴お姉ちゃんあれ！」

線路を挟んだ反対ホームに鈴香が夢に見る青年『太田真哉』と、その後ろのベンチに座る海人と雅子と幼い頃の鈴香が見えた。

そこで２人は失敗したことに気がつく。

「鈴お姉ちゃん、反対ホームだった！」

「でも、もう間に合わないよ」

気づくと真哉は駅のホームに立っていた。後ろには海人と雅子と幼い鈴香が楽しげに会話している。その鈴香の体が、かぼそく白く光っている。

「鈴香、今日はなんの動物さん見る？」

「うーんとー、カバさん！」

「えー？　カバさんー？　もっと可愛いパンダさんとかもいるよー？」

「カバさんの大きいお口にパクッとされちゃうゾー」

『1番ホーム回送電車が通過します。危険ですから白線の内側までお下がりください』

電車が通過するアナウンスが流れる。

「これは一体？　あの時の再現？」と真哉は思った瞬間、幼い鈴香が線路に向かって走っていく。

とっさに右手で鈴香の左腕を掴み、真哉は線路へと飛び出す。

悲鳴のようなブレーキの音を響かせ電車が近づいてくる。

真哉の右手の光が、幼い鈴香の体に吸い込まれるように移り、その体が白い光に包まれる。

真哉は鈴香の体を前へと押しやり、線路の向こう側へと突き飛ばす。

「良かった。これで鈴香は助かる」と真哉が優しく鈴香を見つめる。


鈴香と秀は急いで線路へと降りた。

「鈴お姉ちゃんは太田さんをお願い。僕は鈴お姉ちゃんを助けるから！」

秀は幼い鈴香を抱き上げ、そして鈴香は倒れこんでいる真哉の腕を思いっきり引っ張る。そこまで迫っていた電車に、間一髪、真哉は電車に轢かれることはなかった。

真哉は自分の腕を引っ張った少女と幼い鈴香を助けた少年を見つめる。

「君たちは一体？」

鈴香と秀はほっとした様子で真哉と幼い鈴香を見つめる。

「やった、ギリギリで間に合ったね」

「鈴お姉ちゃん、あれ！」

反対ホームからこちらのホームへと走ってくる海人と雅子の姿が見える。

「あっ、お父さんとお母さん！」

「鈴お姉ちゃん。もう戻ろう。僕らがいるとまた面倒なことになっちゃう」

そうなる前にと鈴香と秀は階段を下り、トイレへと向かう。また鈴香をロープで縛り自由を奪えば元の時間に戻れるはずだ。


残された真哉は走り去る２人を茫然と眺めていた。

「今のは一体誰だったんだろう？」

走ってきた海人と雅子は、幼い鈴香を抱いて喜び、真哉に何度も何度もお礼をいう。

これで誰も死なずに済んだのだ。

そこでまた真哉の意識が遠のいた。

秀は、また駅のトイレの中で鈴香をロープで縛り、鈴香の自由が利かないようにする。

「鈴お姉ちゃん。戻る時間と場所はイメージ出来てる？」

「うん、元居た時間、12年後の自分の家だよね」

「そう。これで何もかも上手くいったはずだから」

鈴香の体を縛り終えると秀は鈴香の腕を掴んだ。


真哉はハッと気づくと理子と一緒に道を歩いていた。

「ここは？　どこだ？」

「真くん？　何？　どうしたの？　ぼーっとしちゃって」

真哉は右手に違和感を感じた。右手に力を入れてみる。

動く。

グーパーしたり、手首を回してみたり……自由に動くようになっている。

「何やってるの真くん。そろそろお兄ちゃんちに着くよ」

「いや、動かないはずの右手が……」

「えっ？　なぁに？　右手が動かないってどういうこと？」

理子には何か話が通じない。

「あぁ、何でもないです」

「真くん、ちょっとこれ持ってて」

と、理子は真哉にカバのぬいぐるみを渡す。

「鈴ちゃんもカバが好きなんて珍しいよね」

真哉と理子は鈴香の家に着いた。

「お兄ちゃーん、お邪魔しまーす。真くんも一緒だよ」

「おぉ、待ってたぞ。太田さんもいらっしゃい」

「りこおばちゃーん」

幼い鈴香が駆け寄ってくる。

やはり鈴香は生きている。真哉は心の底から喜んだ。

「真くんさっきの出して」

「えっ？　あぁ。これ？」

「あっ！　かばさーん！」

鈴香は喜び、真哉からカバのぬいぐるみを受け取る。

ところで、自分を助けたあの少女は一体誰なんだろうか？　どこか鈴香に似ているような気もするが、と真哉は不思議に思う。

秀が気づくと、やはり鈴香の部屋に戻って来ていた。場所は合ってる。日時はどうだろうか？

と思いながら、鈴香を縛ったロープをほどいていく。鈴香の部屋の時計を見ると18時を指している。壁のカレンダーは今月のものだ。

多分、元居た時間にちゃんと戻ってきたのだろう。

「鈴お姉ちゃん、ちゃんと戻って来れたみたいだよ！」

「そう、良かった。これで一件落着ね」

すると玄関から声がする。

「お邪魔します」

「あ、お父さんだ！」

と秀が玄関へと向かう。

「お父さん？」

鈴香は不思議に思うが、秀は何の戸惑いもなくそのお父さんと呼ぶ人物に近づいていく。

鈴香が後をついていくと、先ほど鈴香が駅で助けた真哉が立っていた。先ほどより少し歳をとってはいるが同一人物だとすぐに分かった。

「おー、秀、ちゃんと勉強してたか？」

「うん、お父さん、また鈴お姉ちゃんに勉強教えてあげたよ」

「そうか」

と真哉は嬉しそうに秀の頭をなでる。

そして真哉は鈴香をじっと見つめる。
真哉は何かを思い出したように、ハッとする。
真哉は鈴香に向かって右手を出し、鈴香はその手を握る。
2人は笑顔で握手をした。
心なしか、2人を白い光が包んでいるように見えた。

完

neozedoc

現在、アウトレットモールのアパレルショップ店員。
「TAKEO KIKUCHI」と「FOSSIL」の大ファン。
飲んでいる薬はビプレッソとベルソムラのメンヘラ。
リスカする時は止血と消毒をしっかりとして下さいね。

フリーダム／THE END OF THE WORLD

2019年6月27日　第1刷発行

著　者　neozedoc
発行人　大杉　剛
発行所　株式会社 風詠社
〒553-0001　大阪市福島区海老江5-2-2
大拓ビル5 - 7階
TEL 06（6136）8657　http://fueisha.com/
発売元　株式会社 星雲社
〒112-0005　東京都文京区水道1-3-30
TEL 03（3868）3275
装幀　2DAY
印刷・製本　シナノ印刷株式会社

ISBN978-4-434-25826-8 C0093